芒花祭

盛忠民 著

北方文艺出版社

图书在版编目(CIP)数据

芒花祭 / 盛忠民著. -- 哈尔滨：北方文艺出版社，2021.8
 ISBN 978-7-5317-5190-8

Ⅰ.①芒… Ⅱ.①盛… Ⅲ.①散文集-中国-当代 Ⅳ.①I267

中国版本图书馆 CIP 数据核字(2021)第 130268 号

芒花祭
MANGHUA JI

作 者 / 盛忠民

责任编辑 / 李正刚　　　　　装帧设计 / 书香力扬

出版发行 / 北方文艺出版社　　网 址 / www.bfwy.com
邮 编 / 150008　　　　　　　经 销 / 新华书店
地 址 / 哈尔滨市南岗区宣庆小区 1 号楼
发行电话 / (0451) 86825533

印 刷 / 成都兴怡包装装潢有限公司　　开 本 / 880mm×1230mm　1/32
字 数 / 200 千　　　　　　　　　　　印 张 / 8
版 次 / 2021 年 11 月第 1 版　　　　　印 次 / 2021 年 11 月第 1 次印刷

书 号 / ISBN 978-7-5317-5190-8　　　定 价 / 52.00 元

目 录 contents

番薯花开

芒花祭　/　002

婚　纱　/　005

番薯花开　/　007

借　肉　/　010

乌桕树　/　013

梅　雨　/　016

得夜头　/　019

收　经　/　022

蒲瓜地　/　025

大麦不黄小麦黄　/　028

那一年端午　/　031

箬　米　/　034

六月六　/　037

老堂前里的旧故事　/　040

那间远去的老屋 / 043

没头爽和踏浮桩 / 045

七月十五 / 048

麦香时节 / 050

鸟兽虫语

老　鹰 / 054

萤火虫 / 057

蟑　螂 / 060

蜂 / 063

蚂　蚁 / 066

囤积冬粮的老鼠 / 068

猫头鹰 / 071

阿　黄 / 074

那些蛇的故事 / 077

灶间堂桌

栀子花是一道菜 / 084

芥菜芯 / 086

蒸茄子 / 089

酒酿馒头七月半 / 092

豆腐羹 / 095

臭豆腐 / 098

吃牛记 / 100

土烧酒 / 103

香榧 / 106

小鹿花糕 / 109

荠菜花先开 / 111

旮旯里的竹碗橱 / 113

立夏味道 / 116

村落旧事

富春剡溪 / 120

颜家桥 / 123

古井呓语 / 125

永远的百花坟头 / 131

百步坎，流逝的记忆 / 137

紫霄宫 / 141

石头垒砌的村子 / 147

双联村逸事 / 150

忽略不了的村庄 / 157

民乐乡旧事 / 160

觅迹井田畈 / 166

乡间物语

故乡茶韵 / 172

003

走向荒芜的故乡 / 175

父亲、竹林和大雪 / 178

石菖蒲 / 181

茶　思 / 184

祖　坟 / 187

爱的羁绊 / 190

三笋巡按 / 195

矮鬼堂哥的幸福生活 / 198

沈家老宅与报恩桥 / 202

无花果 / 205

稻子黄时品谷香 / 208

母亲节随笔——未有察觉的爱 / 211

烟雨枫杨林 / 214

清明祭 / 217

香樟·落叶 / 220

少年情怀

白棕花 / 224

栀子花落时 / 227

驻守蓬莱 / 230

雷　神 / 239

踏上岱山 / 242

Chapter
1

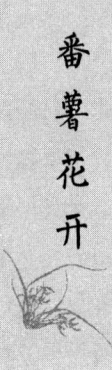

番薯花开

芒花祭

奎叔走的时候，我还小。只记得，阿朱婶做了好多草鞋，放进他的棺材里。"五七"时，又烧了好几双，说是奎叔生前最喜欢她做的草鞋，穿着舒心。

奎叔长得牛高马大，因为后脑勺生了一鸡蛋大小的肉瘤，大家都叫他大奎芋艿头。奎叔也不介意，乐呵呵地应着。在我印象中，奎叔从没跟人红过脸，倒是时常帮别人。阿朱婶是奎叔的老婆，两人相差有些年龄。据说她有风湿性关节炎，就很少出去干活，经常在家做草鞋。

阿朱婶有一张很别致的草鞋床（做草鞋的木头架子），由于双脚不便，只能在草鞋床里坐着，一天到晚编织草鞋。编草鞋有很多材料，外畈人田多稻草多，就拿稻草编织，稻草编的草鞋虽松软些，毕竟不耐用。山里人很多是用毛竹箬壳撕了条做，很结实牢固，可惜太硬了，新穿时容易打起脚泡。阿朱婶做草鞋，却用芒花的衣为材料，做起来的草鞋又牢固又松软。

起初，奎叔养着好几头牛，不时地去割些牛芒干草来喂牛。村里四周有大片的牛芒干草，牛芒干草是芒花的一种。叶片坚硬，边上有锯齿状，一不小心会划破皮肤，有时甚至衣裤都会被划破。不过，奎叔好像从来没被划破过，他天天割来喂牛，一把把地用干草叶捆着，拿一根毛竹扦杠一担担地挑在肩上，开心时还哼几句戏文。这时，阿朱婶会微笑着对别人说：这个该死的芋艿头，不知有什么事，成天这样高兴。

芒花又开了，一大片一大片，像一杆杆战旗，在风中猎猎作响。阿朱婶站在门口眯起眼睛眺望，催促着奎叔好乘时节，去收割芒花秆。待奎叔收来芒花秆，阿朱婶抽取芒花芯，撕开芒花衣，再晒在自家门口，然后搓绳做草鞋。因为阿朱婶的草鞋做得好，很多人来买。有的甚至定做，阿朱婶总是很便宜地卖给人家。

不知从哪里听得消息，阿朱婶说有个村子种家芒花，是经过改良的芒花。芒花又粗又壮，又高又大，而且叶片也宽而软，不会割人。奎叔二话没说，去那里弄来了一些家芒花篰头，在自留地上几乎都种上了家芒花。果然，家芒花比牛芒干草好，做出来的草鞋更加松软合脚。更让人称奇的是这些家芒花不需要施肥，只要入冬时烧一把火，第二年长出来的芒花更加茂盛。阿朱婶感叹着说：踏不死的麦娘，烧不死的芒娘啊！

阿朱婶的风湿病后来好了，是因为吃了蕲蛇。那一回在芒花地里，奎叔发现了一条很大的蕲蛇。他胆子真大，几下子就打死了蛇。本来可以卖好多钱，但想想阿朱婶有风湿病，人家买去也是为了治风湿，就强忍着自己煮了，给阿朱婶吃。不要说那蕲蛇也真的神奇，吃下去以后不到半年，阿朱婶的风湿病就日见好转。

那一年初冬时，芒花凋谢得特别快。奎叔在毫无征兆的情况下，突然离去。阿朱婶很伤心，说，都是她害的，要不是她让他种家芒花，地里也不会来蕲蛇，蕲蛇不来，他也不会打死蕲蛇。人们很奇怪她的说法，后来才知道，奎叔是属蛇的。用阿朱婶的话来说，奎叔是用自己的命来医好她的风湿病啊！

渐渐地人们忘记了奎叔，阿朱婶也不做草鞋了，儿女都大了。草鞋和草鞋床都成了人们看着怀旧的东西。但阿朱婶的芒花地里，每年的芒花依然开得闹满，奎叔的坟墓就葬在芒花地。

婚　纱

看着小妹，穿着婚纱被新郎挽着手牵走，妻子又激动起来。

好几回了，妻子在我耳边唠叨，咱什么时候去拍个婚纱照。她相信自己的容貌，穿上婚纱一定很美。这一点我也承认，必须承认。

二十五年前，在一家小工厂里，我们相识了。一个大眼睛的女孩子，看了一眼。爱情就来了。我问她名字，她说，她名字不好听。然后告诉了我。我说别人觉得不好听，我觉得听着悦耳。她的笑很甜蜜，脸上泛起红晕，很美，她在我的眼里是一团火。

我俩相爱了。不为别的，就为那眼神相对，就像前世相欠。

岳母觉得不妥，我家穷，路又偏僻。妻子固执地说非我不嫁，因为她看中的是我这人。母女僵了很久，母亲终于执拗不过女儿，于是答应。

父母听说我要结婚，慌了手脚，一来没钱，二来也没像样的房子，就一间低矮的木屋。父亲低声说道：我连只猪崽都没弄来。我知道他的意思。妻子知道后说：我们不摆酒。随便出去玩一下，就算旅游结婚。岳母倒是开明了一回，同意了妻子的提法,说:反正这是你自己选择的。

这是我一生的愧疚。看着旅游回家时,在那条弯弯曲曲的山路上,三轮车摇摆着去家里,我辛酸得快哭了。妻子虽然旅途劳累,却不时地安慰我。那一晚,没人闹洞房,没人讨喜果。妻子说,不悔,还是觉得幸福。

妻有一闺蜜,迟我们两年结婚。结婚时邀请去喝酒。看到闺蜜穿着大红婚衣,化着喜气的妆,一溜长长的娶亲队伍,妻子笑着说,快些吃了酒回家吧。我知道她的笑是装出来的。回到家里,问妻,说没事,就想着家里有事情。

这以后,每逢有人邀请喝喜酒,妻子几乎都不去,让我一个人去,也不会问我酒席的情况。

直到有一回,邻居女儿结婚。看新娘子穿着漂亮的婚纱,新郎温柔地挽着新娘子,妻子或许时过境迁,淡忘了自己的辛酸,有些羡慕。回门时,新娘子对妻子说,嫂子,你这么漂亮,穿婚纱肯定美极了。妻子笑笑,说,都什么年纪了。

许多年了,以为妻子早已淡忘那些心酸。其实又怎能忘记。有一回,妻子说,我们去拍一套婚纱照?我不解,心想都什么年纪了。看我没反应,妻子也就没了下文。

去年,妻子又提起拍婚纱照。我还是不解,妻子说,她叔叔跟婶婶都五十多岁了,才去拍了婚纱照。我疑惑着,真的?

这一回,妻子看到小妹的婚礼,那份激动。说了好几次,小妹穿着婚纱真美。我突然觉得我太愧对妻子,妻子四十多了,跟了我这么多年,我能给她的大多是苦和涩。心想应该让她穿一回婚纱了,虽然迟了一点。

番薯花开

初冬时节,番薯花开了。每一朵花都是一个小喇叭,花边洁白纯净,花芯处紫红色,很好看。

不知是地理关系,还是气候缘故,老家的番薯似乎不开花,所以我一直不相信番薯会开花。父亲也不信,父亲种了一辈子番薯,说,从没见过番薯开花。母亲也说,没见过。

那一年,天年不好,风雨不顺,人们的生活自然艰苦了许多。大人们一直在说,时年荒啊!连山上地里的番薯都长得很小,有的番薯蔸头上简直就只有一把根须。山里人很在乎一年里山上地里的这一点收获。番薯就是这个冬季的全部粮食。说不定要吃到明年开春,那青黄不接的时候。冬日里的温暖,其实就在揭开锅盖时,直冒热气的番薯里。大人上山干活,包几个在大手巾里出门。小孩上学塞几个在书包里。又香又甜的番薯,那是山里人的宝。

地里不长番薯,人们自然忧心忡忡。不过番薯藤倒长得茂盛,也算是宽了人们一点点心,家里养的猪的食料不愁了。

母亲养了两头猪。本来经常要跟父亲去很远的山上,摘来野草喂猪。有了多多的番薯藤,就省了不少力,而且猪很喜欢吃番薯藤。母亲准备到时宰了一头,交给供销社,算是"爱国猪"。那时,每家有交猪任务的,称为"任务猪"。反正爱国猪也不需要很大,大概只要七八十斤排猪就及格了。另一头,留着自家过年。

番薯减产,意味着也少了许多年货。年货基本上是自家屋里的东西,用番薯做的。有些小吃比如番薯花糕、番薯干、龙须粉等,味道不错,很香。

隔壁阿朱婶,风湿病已经好转,自从老公奎叔走了以后,草鞋也很少做了。但儿女多,生活依然艰难。村里有些照顾,分番薯按人头分,就给她家多分一点。可惜她还是吃了上顿愁下顿。幸好阿朱婶勤劳能干,儿女懂事孝顺,勉强也能过得去。

村里掘完了番薯,除在平坦的附近地上,种些小麦以外,那些远一点的,高的山地上,基本就空在那里。阿朱婶聪明,会去翻番薯。就是把掘过番薯的地,再去翻一遍。因为那些地方,去掘番薯的都是村里的年轻人,干活毛里毛躁,会剩下不少番薯。阿朱婶就这样去翻,也会弄来不少番薯。后来大家都知道了,便纷纷学着去翻番薯。

这一回,时年不好,番薯连掘都没得掘,去翻,更加没有了。就算有,基本上也是一些番薯根,但人们还是把这些根须当作宝一样。

阿朱婶有个儿子跟我同年,上小学五年级。那次放学回家,阿朱婶便带我俩去翻番薯。快天黑了,也没翻到多少番薯。正绝望时,忽然看到,不远处草丛里,有许多白色小花,一朵朵开得很闹。走近一看,原来是番薯花。番薯开花,阿朱婶惊奇不已。

再仔细看看，竟然是一地没掏过的番薯。我们欢呼起来，觉得这番薯花，是世界上最美丽的花。

阿朱婶却警觉地四周张望了一下，吩咐说，别吵！我们一下噤声，像做贼似的，小心挖起了这一地番薯。番薯不大，一个个像小老鼠似的，总共有一百来斤。我们不敢直接拿回家，把番薯藏了起来。阿朱婶带我们回家以后，叫我父亲乘着夜色，偷偷地去挑回了那些番薯，两家人分了。

这个冬天，是我记忆最深刻的一个季节。番薯开花，父亲信了，母亲也啧啧称奇。阿朱婶认为是奎叔在保佑。

借　肉

　　过了冬至，年味一天比一天重了。

　　有些人家已经在准备杀年猪了，阿毛爷开始忙碌起来。阿毛爷是村里唯一的屠夫，逢年过节屠猪宰羊、杀鸡剥鹅都少不了他，在村里也颇受尊重。

　　每一年，阿朱婶家的年猪总是最早宰杀。奎叔去了以后，去山上采野草就少了个壮劳力。阿朱婶只能在附近采些野草，还有村里分的不多的番薯藤，拿来喂猪。她家的猪总是最先吃完盛放在野草缸里的食料。所以等过了冬至没几天，猪没食料了，阿朱婶就去跟阿毛爷商量，挑个日子把猪杀了。

　　杀猪前的一个晚上，阿朱婶会弄些好吃的喂猪，甚至会煮些稀粥给猪吃。看着一年来精心喂养的长得有些肥膘的猪，阿朱婶有些心酸，但也有些满足。毕竟有了它，过个年就不那么寒碜了。

　　第二天，阿朱婶早早起来烧好猪汤水。天刚蒙蒙亮，阿毛爷就来了。阿朱婶又叫了我父亲等几个邻居来拷猪脚。不一会儿，一阵凄惨的猪叫，响彻了整个村庄。紧接着又传来阿朱婶的呼唤声：猪哦，明年再来！猪哦，明年再来！那是阿朱婶在烧些纸钱，让猪的魂灵带走，祈求来年养出更大的年猪。

阿朱婶家杀年猪这天，父亲等几个帮忙拷猪脚的自然有饭吃。阿毛爷更不用说，除了收取一点工钱，还会得到一条肉。隔壁邻居会得到一两块加热凝固的猪血。而阿朱婶似乎特别大方，她会在傍晚时分，端一小碗烧好的肉分给隔壁邻居。在邻居一声声真诚的"谢谢"中，微笑而满意地离开。

记忆中，我家的猪总是在接近年关时才杀。一来我家野草缸里的食料还多，再说父亲喜欢过年时吃新鲜的猪肉。因此我们总是非常眼馋，当别人家可以吃肉时，我们还要等，还要盼望。母亲看着我们这个样子，也很难过。母亲想出了个办法，就是去问先杀猪的人家借。阿朱婶家最先杀，就跑去跟阿朱婶商量，借一根肋条。等吃完了以后，过个两三天，另外一家杀了，又去借一根肋条。由于冬至到过年，也还有一些时日，往往到我家杀猪时，早已经欠了别的人家好多肋条了。而别的人家也似乎乐意借肉，那些杀猪早的人家，本来已经把肉腌了，到过年时就没新鲜肉可以吃，这样一来，也有新鲜肉了。

终于，熬到了年关。一般我家在农历廿八那天杀猪，廿六日那天是不能杀的。据说那是六畜日，不光不能杀猪，就连鸡鸭、牛羊都不能杀。如果在那天杀了，来年就养不顺任何畜生了。跟阿朱婶一样，我家杀猪时，母亲也会烧些纸钱，呼唤几声，祈求来年六畜兴旺。

最让母亲难过的是，猪杀好以后。随着阿毛爷一刀一刀地分割，母亲叫父亲把先前借来的肉，依次地去还给人家。当全部还完以后，剩下已不多。这是母亲最难过的时候，虽说都是自己家人先吃下去的，但毕竟看着自己辛苦一年养下来的猪，在这个时候只剩下不多的肉，心里自然有些伤心。

母亲，每年养猪，每年总是跟父亲商量，到最后年关才杀年猪。但总是不忍心看我们眼馋，会先去借肉。到自家杀时又会有些伤心，但每个年头开心总大于伤心。

乌桕树

"乌桕树，乌桕树，结了果子像珍珠……"一条泥泞小道通向一个小山塘，山塘边几棵骨骼曲折的乌桕树，迎着骄阳茂盛生长着。三五个光着身子的小屁孩，围绕乌桕树唱着儿歌玩耍。忽然听到大人叫唤，淘气地笑着纷纷"吱溜、吱溜"跃进山塘水里。

回忆总是深深烙在心灵深处，儿时的童趣一生都挥之不去。印象中对小时候故乡的眷恋，最深刻的还是田间、坎边、地头那一棵棵形神俱美的乌桕树。乌桕树俗称木梓树，五月开细黄白花，深秋叶子由绿变紫变红，叶落籽出，露出串串"珍珠"。冬日里白色乌桕籽挂满枝头，经久不凋颇为美观。古人有"偶看桕树梢头白，疑是江梅小着花"的诗句。

故乡是一个三面环山的小村落，几户人家。记忆里村口也就一条便道，一湾小溪，十几亩农田，还有一个小山塘。溪边、田坎、道旁生长着许多乌桕树，树干曲折，树冠整齐，叶形秀丽。特别是到了深秋，大约已经过风霜浸淫，秋叶如火如荼十分红艳，煞是好看。陆放翁诗云"乌桕赤于枫，园林二月中"便是对乌桕树的赞美。

我对乌桕树印象之深,源于一件小事。那个年代家里贫穷,父母辛苦劳作也赚不了几个钱,于是把满心希望寄托在儿女身上。我小时性格内向,体格单薄。因为比较用功,终于考上了县城高中。这在村里前所未有,家里人很开心。可是去县城上学那要不小的开销,亲朋好友东挪西凑方使我上了学。那时交通又不便,一般情况我都走路上学,学校离家有四五十里路,可为了节约几块钱,我就每两个礼拜回家一趟,前面背书包后面背竹筒,竹筒装干菜,书包放着书。每次母亲给三块钱,还语重心长地嘱咐我要努力。三块钱要过两个礼拜呀,然而父母也已尽力了,我还能说什么?

有一天班主任说,条件差一点的同学可申请助学金。开心呀,我马上申请到了一月两块钱的助学金。老师说申请到助学金的同学,每人须带一枚私章。礼拜六回家我把好消息告诉了父母,他们听了也很开心,觉得学校真好。母亲说那你更要努力了,以后好报答。第二天,父亲回家皱着眉头告诉母亲,刻一枚私章要八毛钱,如果用有机玻璃刻要一块二毛钱。这意味着这个礼拜母亲要给我四到五块钱,可到哪去弄啊?

晚上我饭也吃不下,觉得电灯都昏暗了许多。这时隔壁胡根来串门,看到我们一家人愁眉苦脸,问明了情由说,那还不好办,叫我父亲去砍一根乌桕树枝来,父亲疑惑着出了门。

胡根年纪大约五十多岁,是个标准的美男子,看着如今的样子,还能想象得出年轻时的风采。虽说住我家隔壁,却一直对他没好感,一来他不要老婆,二来他很傲看不起人,不过跟我父亲很要好。据说他是个有学问的人,可我一直纳闷,这么个人咋会不娶老婆。母亲说，你胡根叔以前是部队里的团长，好多女人要跟他，只是那是解放以前的事了。

趁父亲出门砍树枝，胡根叔问起了我的学业，知道我比较努力，成绩一直名列前茅，很是开心。他还给我讲了许多关于乌桕树的事情，不过我记得不多，只记得他说的一句诗："巾子峰头乌桕树，微霜未落已先红。"后来才知道这是宋人林和靖歌咏乌桕树的名句。

说话间父亲砍了乌桕树枝回来，胡根叔回家取来工具，只见他从从容容不到十分钟，一枚精致的木头私章呈现在我面前。那三个字我觉得比任何书法家的字体都要漂亮。于是我原来连正眼都不看的胡根叔，在我心里一下子高大起来，竟好像似那铮铮铁骨的乌桕树。从此我脑海里经常会出现这样一幅画：苍天下，秋色中，火红的乌桕树旁，一位饱经风霜的老者，倚干而立，眺望着远方天边……

好多年了，山村早已变得很现代了，甚至还办了农家乐。可那一幕幕往事连同那火一般的乌桕树，还是留在心里挥之不去。

梅 雨

"梅雨烂石塔",母亲一边唠叨着,一边擦着因为潮湿长了有些白毛的桌子。端午刚过,天气有些闷热,空气里弥漫着潮湿的泥土味道。

老家的屋子是一间低矮的木结构二层小楼。墙,泥土垒成,用石灰粉刷。屋顶盖着青瓦,由于年代已久,下雨时雨水从屋檐下不时滴落,雪白的墙面,有些发黑。特别是在梅雨季节,可以看到从墙角往上,墙面黑而发青,甚至长出青苔来。母亲经常洗许多衣服,满满地挂在窗檐下,但父亲劳动回来,一身衣裤依旧可以挤出水来。母亲把父亲的衣裤拿去水里搓揉几下,拿去挂在晾杆上。实在没地方晾挂了,父亲说,猪栏屋里也可以去晾一下。老家的猪栏屋,也有些大,一边可以关猪,一边堆放杂物放些农具,在这个时节,晾衣服倒也不错,可惜免不了有些猪屎的气味。

母亲擦干净了那张有些长了白毛的八仙桌,在桌上打起面梗来。我很喜欢看母亲打面梗的样子,母亲张开双手,拿起一根一米左右长的擀面杖,从一团有些柔软的面疙瘩开始擀,一点一点地，面疙瘩在母亲手里的擀面杖作用下伸展，慢慢地成了一张大饼，然后这大饼整个地卷在了擀面杖上面，再张开，再卷，再张开。一卷一张间，随着母亲的手，竟然发出啪嗒啪嗒的有节奏的响声，那是卷在擀面杖上的面饼，张开时打在桌面上的声音，好听极了。最后，这大饼被做得像整个八仙桌那么大，已经很薄很薄了。母亲把大饼卷起来，拿来菜刀一点一点地切了下来，再弄散，居然是一条条长长的面条。等父亲劳动回家时，母亲开始把这长长的面条，下到了烧开水的土灶台上的大铁锅里。这种面老家的女人其实人人会做，人们把这种自己做的长长的面条叫作面梗，制作的过程叫打面梗。面梗可以跟许多蔬菜一起煮，老家有苋菜面梗、洋芋艿面梗，还有咸菜的、青菜的，我最喜欢的是鞭笋煮面梗。梅雨时雨水充沛，天气温热，竹林里鞭笋长得特快，只要想吃，哪怕面梗打好了都来得及。去猪栏屋里拿把锄头，直奔屋后，不出十分钟，手里拿着一大把鞭笋就可以回家。鞭笋煮面梗的味道是一个字：鲜。劲道十足的面梗，加上脆嫩的鞭笋，让人食之难忘，吃了一碗还想第二碗。据说隔壁阿刚可以一口气吃五大碗，想来有些夸张。

在梅雨季节，杨梅有些红了。小孩子们耐不住无聊，他们玩腻了蚂蚁搬家之类玩意。听大人们说某某山上野杨梅开泡了，（老家人把杨梅熟了叫杨梅开泡了），便偷偷地商量着去山上摘，他们故意去猪栏屋背把锄头，骗他们母亲说去掏鞭笋。到得山上，开始找杨梅树，终于在茂密的树林里找到一棵挂着红红果子的杨梅树。这时刚才还有太阳的天，毫无征兆地下起雨来。孩子们一点不怕，尽管杨梅树有些高，由于下雨树干有些滑，山里孩子毕竟有些本领，还是嚓嚓嚓地上了树。他们脱下衣服，用衣袖来装摘得的杨梅,把衣袖的一头打个结,杨梅往另一头放入。也有的脱了裤子,用裤管装。虽然回家时,家人尝到了酸甜的杨梅,但孩子们免不了母亲的笑骂。毕竟这梅雨天天气潮湿,经常下雨,这一身脏兮兮有杨梅渍的衣服,又得麻烦了。

得夜头

自从父亲去世以后，村子里再也没人得夜头，也没有人会，事实上也不需要了。年轻一辈更不相信：得夜头能使人平安去邪，或者帮人治病。

得夜头，老家乡间的一种风俗。老家在一个相对比较偏僻的山里，以前由于信息闭塞，很多事情只能用一些古老的、不可思议的神秘活动来处理，得夜头就是其中之一。

父亲的师傅是阿毛爷爷，阿毛爷爷是个屠夫。杀鸡，宰鸭，杀狗，都会，最拿手的是杀猪。胆子大得不得了，以前村里许多别人做不了的事，都请他去做。比如说谁家老人离世，就会请他去穿衣洗脸。谁家要迁移坟墓，捡死人骨头之类，他都不会拒绝。

得夜头是阿毛爷爷的绝活，一般人不敢去得的。所谓得夜头就是哪家人家家人有病，经过多次医院还没好转，或者家里出了大事很难处理，这时他们家里人会去求神，问菩萨。邻村有个菩萨叫"三姐亲娘"，据说很灵。去问她，她会根据你说的情况，点上一支烟，沉默一会儿，然后抖擞几下，再浑身发抖起来。接下来便会唱戏，嘴里喊着一些神仙和人的名字。最后像虚脱了似的告诉你，是某某神或妖，再者是哪个你熟悉的亡人，已经住在你家里，或者附体于家人身上。若要平安或者家人身体康复，就得请神或者附体的熟悉亡人离开。这时那"三姐亲娘"会告诉你，怎么样请。自然要拿一些礼品纸钱蜡烛去请，而且还得晚上三更。因为那些物事必须晚上才能走得掉。这个请神或亡人离开的过程，村里人叫得夜头。

得夜头，这个得字其实是端。老家土话把端叫作"得"，像端碗饭就叫作得碗饭。得夜头一般在午夜进行，有事的那家人家，烧好几个菜，豆腐青菜等，加上几样点心，还要一刀肉。放在一个米糠筛子里，点上蜡烛。端着筛子的人，从离开那家大门时，便一路喊着那个神或者先人的名字，引导着离开，一直到离村子很远的地方，然后吹灭蜡烛，整个过程完了以后，大概到鸡叫才好回家。

阿毛爷爷后来死了，死得很惨，是在拖拉机上跌落下来死的。据说离跌死前两三天，他还帮人得了夜头，完了，天还没亮，就直接去帮人家杀猪，这是他杀的最后一头猪。阿毛婆说，那天阿毛爷爷神色很奇怪，说出来的话很吓人。也许阿毛爷爷杀孽过重，得夜头时碰到了孽障吧。

父亲因为跟过阿毛爷爷几次得夜头，有些门路，后来村里就有人叫父亲去帮着得夜头。有一回，我偷偷地跟着去，看到父亲端着米糠筛，上面放着热气腾腾的菜和肉，肉是整条的条肉，还有酒。米糠筛上点着两支蜡烛，父亲一边走一边回头殷勤地喊着："某某某，这里有一天沟，小心了，来，跟我走。"看看四周寂静漆黑，只剩两支昏暗的蜡烛，看似随时有被风吹灭的危险。

我浑身汗毛凛凛，但出来了，只有硬着头皮跟着父亲走。到了村口，父亲停了下来，我看到有一小桌放在那里，只见父亲拿出米糠筛里的东西，放到小桌上。然后拿起香点着，祭拜起来。再拿出一叠纸钱烧着，便坐了下来。一会儿纸钱烧完，父亲起身又拿起香祭拜，口中念念有词，大概在说着送走那孽障的一些话语。后来父亲还是发现我跟了去，但没骂我。

我不知道，得夜头是不是真的有用。有些人家确实会有一些安慰，大多数人家也不见得会好。

如今，父亲已经故去，也没人要得夜头，故乡也没有了那种封闭的样子。村里高楼别墅很多，路灯天天晚上亮到天明。所谓的不干净的孽障，早已逃之夭夭。村里的人们不再相信那些神神秘秘、愚昧荒唐的东西了，毕竟时代两样了。

收 经

二表姐儿子闹周时,亲戚们都去了。表姐儿子长得白白胖胖,一双大大的眼睛,很是精神。每个亲戚走过去瞧上一眼,小家伙都会甜甜一笑,不要说有多逗人了。

二表姐是大姨的女儿,嫁在本村,嫁的是姨妈表哥的儿子。这次小孩闹周由于是亲上加亲,亲戚们自然感觉更加亲切。闹周是老家一带的习俗,当小孩长到一周岁时,便挑个日子庆贺一下,称为"闹周"。长辈们挑些米果衣帽鞋子之类的,称为"挑盘担"。平辈或小一辈的就出点人情。主人家就置办一些酒宴,请亲戚们吃一餐。表姐夫是个实在人,就知道抱着小孩傻笑。也难怪,表姐夫是大龄青年,恐怕已经有三十五六了。如今得了一个儿子,当然喜欢得不得了。

闹周的第二天,二表姐抱着儿子到大姨家,说,不知为什么,小孩昨晚哭了一晚上。大姨说,正常。二表姐也就没当一回事。

可接下来一连几个晚上,小孩都是哭到天亮,这下二表姐和大姨都着急起来。二表姐的姑父是个老先生,说,不急。拿来一支毛笔，一叠小红纸，在每一张小红纸上写下几行句子："天旺旺，地旺旺，我家有个小儿郎，日日夜里哭叫娘。过路郎君读一遍，一觉睡到大天亮。"他叫二表姐和大姨把写好句子的小红纸，带去贴到一些凉亭里，茅坑边，还有路边的电线杆上。待二表姐和大姨贴完纸以后，老先生说，不日小孩就会安静。

几天过去了，小孩每天晚上还是哭个不停。老先生说，奇了怪了，怎么会没用？这事被外婆的小姐妹知道了。外婆的小姐妹八十多岁，因为她老公叫雪全，我们便唤她雪全阿婆。年轻时长得有些齐整，人称"小白菜"。她到了表姐家，一看小孩，用手在孩子额头一按，说，小孩是受到惊吓了。还说，别着急，我有办法的。二表姐听她说有办法，连忙叫表姐夫去买了一些肉和菜，留下她，请她吃晚饭。吃过晚饭，到了黄昏。雪全阿婆叫表姐夫拿来一只小碗，又让二表姐在里面放入白米，用一块大手绢把整个碗和米紧紧地包裹起来。然后把孩子平平仰天放到床上，拿起用手绢包裹着的米碗，在孩子身体上方，轻轻游走，口中念念有词。大约十多分钟，雪全阿婆停了下来，这时孩子已经入睡。雪全阿婆把包裹着的米碗，放入孩子头底下，让孩子枕着米碗睡觉。说，好了，我把孩子的心经收拢了。等明天看碗里如果少了一些米，那就成了。说完便跟二表姐他们轻手轻脚地走出房间，告辞回家。二表姐跟表姐夫自然千恩万谢，还顺便送了一些礼物给雪全阿婆。

不知是雪全阿婆的法子真的有用，还是其他原因，第二天孩子果然好了许多，这个晚上也没有啼哭。早上起来时，一看包裹着的米碗，果然感觉少了一些米。本来包得很结实，现在一看，好像碗里凹进了许多。表姐夫说，想不到真的很灵。于是又去雪全阿婆那里，感谢了一番。

一天过去了，孩子开心了一些，看见熟人也像以前一样会露出笑容了。二表姐逢人便说，幸亏雪全阿婆，她的办法真好。还特意去雪全阿婆那里问了，以后如果遇到小孩哭，她也想学着点自己弄。雪全阿婆只告诉她，这个办法名叫"收经"。至于那些需要念的经语，却无论如何也不肯告诉二表姐了。

到了第三天晚上，小孩又啼哭了起来。天亮以后，二表姐让表姐夫再去叫雪全阿婆来帮忙收下经。这时表姐夫的弟弟从城里回来，表姐夫弟弟是城关医院的医生，说，笑话，孩子晚上啼哭，不去看医生，靠收经会好吗？于是带着二表姐和表姐夫还有孩子去了城里医院。经查，原来是食道发炎，已经有好几天了。

蒲瓜地

我在老家曾种过一亩地的蒲瓜。那是最值得回忆的一件事，也是最值得自豪的一件事。因为那是我自己独立种植的一亩蒲瓜，一亩青葱喜人的蒲瓜，至今不忘。

蔬菜里，蒲瓜也算是比较贱的，说贱是因为容易成活，长得也快，且不易受到虫子的伤害。

我种蒲瓜是受到一朋友的蛊惑。朋友在杭州蔬菜公司上班，看我在家无所事事，便让我试着种蔬菜。还说蒲瓜很容易种，只要管理得好，收成会不错，销路不用愁，又给我送来蒲瓜种子。

同村有一好友，常年外出养蜂，家里的地荒芜着，就让我去种，不用交租金。想想也好，就开始去打理。

好友家的地在村子后面，靠近山坡的地方。田不像田，地不像地，野草果树杂生。不像村口那些田地，是纯粹的庄稼地。

我把地里的草割了，堆在后坎的一个角落，盖上一层土，等腐烂了或许是上等的肥料。然后用锄头翻垦，由于土地常年闲置，土地有些坚硬。一天下来，有些腰酸背痛，更难受的是双手起了很多水泡。晚上用针刺破水泡，疼痛稍微减轻。

第二天，天刚刚有些亮，我就出发去翻垦，路边野草上挂满露珠，空气很清新。也有早起的鸟，开始歌唱。从早上开始，除了吃饭，我就一直在地里翻垦。虽说累，但心里还是有些快乐，有些期盼，有些向往。

用了整整几天时间，我翻垦完了这块土地，有一亩地左右。接下来，我要开始整理土地。村里几个老人主动来教我，怎么弄地。我跟一养猪的老人，要来猪粪，埋在我整好的一垄垄的地里。老人们说这是底肥，埋好底肥，就意味着以后不需要太多的肥料。

蒲瓜秧，我早就培育好了。朋友刚送来种子时，就用几个破盆，装上肥土，埋下了种子。现在应该有两片板叶和一片毛叶了，也就是说可以移植了。

我在一垄垄的地上，掘出一个个空，大约八十厘米间距（垄与垄之间大约六十厘米间距）。然后在每一个孔里种上一棵蒲瓜秧，再浇上稀释好的粪水，这时浇粪水称为"发根"，蒲瓜秧容易成活。

应该可以轻松几天了，最多去浇点粪水。但我还是每天去，早上一次，傍晚一次。

蒲瓜秧就这样生长着。每天我就像看护自己的孩子一样，看秧苗在微风中摇摆，看着一株株长叶，长茎。从一片叶子长到两片、三片甚至四片、五片。看样子要缠藤了，叶片间也长出了长长的须。

我弄来了毛竹，破开了给蒲瓜搭棚，让蒲瓜的须能够抓住竹片，牵引着蒲瓜藤往上爬。

眼看着蒲瓜秧越长越大，也许是底肥放得足，蒲瓜秧长势特别好。忽然有一天，我发现叶片上有几条小虫子，在吃叶子。一个老农告诉我，要施农药，最好是甲胺磷。可我怕甲胺磷有剧毒，影响我的蒲瓜质量，不肯用。他又说：那你只能用石灰，撒到蒲瓜秧上，叶子上，藤上都要撒。我依计行事，果然没几天，虫子没了。蒲瓜秧又绿油油嫩嘟嘟地在风中摇摆起来。

蒲瓜开花了，第一朵花是在太阳快要落山时开的，一朵纯洁的白色的花朵。我觉得这是我见过的最美丽的一朵花，我小心地呵护着，不敢碰一下，甚至连用手指指一下都不敢。过了一天，第二天傍晚，整块地里开满了白色的花朵。几只大熊蜂闻讯而来，也不怕快天黑了，很卖力地劳作着，从一朵花爬到另一朵花，直到天黑。晚霞落了，露水下来了，可一朵朵的白花，丝毫没有打卷，依旧含笑怒放。

终于，蒲瓜藤爬满了整片棚，棚下挂着一根根青葱碧绿的长长的蒲瓜。

大麦不黄小麦黄

二表姐出嫁那天，大表姐一直躲在自己房里不出来。她感觉有些丢人，有些落寞，她怕有人问她的事情。大表姐比二表姐大三岁，是个代课老师，有文化，人长得齐整好看。起初大表姐心眼高，一心想找一个跟自己有共同语言的人做朋友，无奈村子偏僻，很少有这样的青年，一来二去也就耽搁了下来。二表姐夫是邻村的一个后生，据说当初他是奔着大表姐来的。但大表姐嫌他没文化，是个木匠，家里又不宽裕。可是姨夫跟姨妈很喜欢这个后生木匠，说，木匠好，以后可以凭手艺吃饭。也许是由于木匠的诚意，又或许是因为二表姐的善良，后来他们俩竟然成了一对。二表姐寻得如意郎君，自然欢喜，大表姐似乎也真心祝福他们。一家人生活依旧，虽然有些艰苦，却也过得开开心心，快快乐乐。

随着嫁妆一件件地装好被搁上娶亲小伙的肩膀，二表姐在几个伴娘的簇拥下，穿着大红袄走出家门。在姨妈的泪眼注视下，她一遍遍地回头说着：我走了！我走了！亲戚们似乎又是幸福又是伤感，二表姐在大家的相送中终于走远。直到男方娶亲的一行人不见踪影，人们方才散去。待亲戚们回到姨妈家门口，看到大表姐站在门槛上远望，目送二表姐一行，神色黯然。外婆看着大表姐摇摇头说："大麦不黄，小麦黄啊！"

我一直不明白这句话的意思，经常不厌其烦地问外婆。因为我人小，外婆或许觉得跟我说了也不懂，每当我问时，只是笑笑，说，以后会明白的。有一回谷雨过了没多久，外婆又来我家。因为立夏快到了，外婆要织一些麦草扇子。外婆是个织扇子的好手，许多人找她帮忙。织扇子的材料是黄了的麦草秆，外婆说，必须要大麦的草。时光正好，谷雨一过大麦就黄了，小麦还没有黄。外婆去麦地里挑选麦草秆，拿一把剪刀，剪下挑中的麦秆连麦穗一起拿回家。我经常跟在外婆后面，去野外摘妙子（覆盆子）、抽芒针等。还不时地偷摘邻居的一些青蚕豆、豌豆，这些青嫩的蚕豆、豌豆甜甜的很好吃。这一次，走到麦地，我一看到麦子，就随口又问了：外婆，"大麦不黄，小麦黄"是啥意思啊？外婆一呆，随即用手指着两块相邻的麦地，说，你看已经黄了的是大麦，没黄的就是小麦了。我还是不明白，外婆说，按道理大麦必须先黄，然后小麦再黄，你说小麦都黄了，大麦还青青依旧，这大麦有没有问题啊？我一下子想清楚了外婆在二表姐出嫁那天，说大表姐那句话的意思了。原来是说大表姐，你看妹子都嫁人了，你还一点动静都没有。

等想明白了那句话的意思以后，我一直替大表姐抱不平。大表姐多好的一个人，是个老师，又长得漂亮，迟一点嫁人有什么不可？当然二表姐也很善良温柔。我想起跟大表姐二表姐小时候一起玩的许多事情来，心里还充满了幸福。大表姐聪明，二表姐善良，大表姐儿歌唱得棒：

番薯花开 · 029

一箩麦，两箩麦

三箩开始打大麦

噼里啪！噼里啪！

大麦光光小麦黄黄

大口田里撒泡尿

小口田里拉泡污

折了麦草做吹箫

呜喽呜喽嗒嗒响

　　二表姐在大表姐唱儿歌时，折断麦草，帮我们做麦草吹箫。取一个脱了麦粒的穗，沿穗根折了，再拿一根麦草中心一节，然后用折了的穗，划破那麦草的中心一节，来回拉几下，等大表姐唱到最后一句"呜喽呜喽嗒嗒响"时，放进嘴里一吹一吸，麦草吹箫便"呜喽呜喽"地响了起来。接着一阵阵稚嫩的笑声，在这个村落野外飘荡，天地间充满了青嫩微甜的味道。

　　时间过得飞快，我们一群孩子转眼都已长大。姨妈家有六个孩子，五女一男。两个表姐三个表妹，一个表弟。直到几个妹子都已经嫁人，表弟也已经娶了老婆，大表姐还是没有动静。大人们急得不得了，尤其外婆老是说着那句"大麦不黄小麦黄"的老话。大表姐也不去搭理他们，自己默默地做着自己的事情，她总是觉得必须找个自己称心的人，如果没有，宁愿一生不嫁。渐渐地亲戚们也就淡忘了一般，再也不去理会大表姐的事情了。

　　大表姐后来终于嫁了一个称心如意的男人，是个公务员，她自己也从代课老师变成了公办老师。出嫁那天开心得要命，她也不要娘家的许多嫁妆，只要了一个书橱和一台收录两用机。出嫁那天看到外婆时，眼睛噙着泪花，说，外婆，大麦终于黄了吧！

那一年端午

我永远忘不了那一年的端午，以至于到现在每每想起，心中还隐隐作痛。

那一年端午的前些天，母亲上山采粽叶时，不小心被蛇咬了。据父亲说这是一条青蛇，烙铁头，焦尾巴。具有这种特征的青蛇，属于剧毒型，不下于五步蛇。当时父亲也在，想打死这条蛇，但被母亲制止，说，赶走它就算了。父亲从山上找来草药，用嘴嚼碎，敷在母亲被青蛇咬的地方。然后扔掉粽叶，背着她回到了家。

母亲一直怕蛇，看到蛇就要逃跑。但又不让人打蛇，总是叫人把蛇赶走了事。哪怕遇到危险，也不肯伤害蛇的性命。我知道，父亲知道，家里人、隔壁邻舍都知道原因，因为我属蛇。母亲经常念叨那个老掉牙的故事，说，在生我的前一天晚上，她梦见一条蛇冲天而去，她肯定我将来会有出息。

这次母亲被青蛇咬的地方，是在食指尖上。俗话说：食指连心痛，母亲常常痛得掉泪。我知道母亲一生很坚强，但这次似乎真的让她吃不消。父亲天天帮她换药，因为离镇上远，加上家里经济拮据，所以敷的都是父亲从山上采来的草药。一连好几天，父亲去山上采来草药，洗干净，然后在嘴里嚼碎，再敷在母亲的食指上。看着父亲的嘴巴有些变得青黄，母亲的脸上露出感激的神色，这时，我觉得我的父母是世上最恩爱的一对夫妻。

离端午没有几天了，母亲的手指还是不能动，尽管疼痛有些转缓，但父亲依旧不让她干活，哪怕轻微地扫下地都不准。眼看着端午到了，别人家都在准备端午节的东西，而我家什么都没有。没有粽叶，没有糯米，没有豆子，甚至没有五黄。石灰有一点；艾草，屋后地上倒长得有些茂盛。母亲看着我们几个孩子，露出愧疚的神色，觉得这个端午要让我们受委屈了。

端午那天，母亲的伤似乎好了不少，也不怎么疼痛。父亲拿来石灰，在屋前屋后撒了个遍，母亲说，这样蛇虫八足就不会来了。又让父亲去弄来艾草，插在前门后门上，说，可以驱邪。母亲总是在极力维护这个家的安全，不让家人受到一丝伤害。

跟所有地方习俗一样，端午那一天要吃五黄。正宗的五黄应该是：黄酒、黄鱼、黄鳝、黄瓜、咸鸭蛋黄，我家哪有这么齐全的东西。黄瓜有，那是父亲自己种的；咸鸭蛋虽然没有，但母亲养着老母鸡，就用鸡蛋代替；黄酒也有一点；黄鳝，本来父亲可以去山垄田里抓一些，但母亲说看着像蛇，有点恶心；黄鱼却无论如何弄不到了，即使商店里有，也买不起。于是母亲说，五黄齐不了，就随便弄点带黄色或者黄字的菜就行了。这个端午的中餐，我们一家人因为母亲的安排，都吃得开开心心。

母亲还是一脸愧疚，因为这个端午她不能裹粽子。这一天我们似乎很乖，就待在家里不出门。母亲知道我们怕出门看别人在吃粽子，会馋，会呆食。我看见母亲眼角有泪花，当然不是因为手指痛而流的泪。

傍晚时分，父亲劳作回家，变戏法似的拿出一揪粽子，刚好三个。父亲说这是阿毛婆给儿女们解馋的，阿毛婆知道母亲手指疼。正说话间，阿朱婶来到家里，问候了母亲几句，又从背着的手中，拿出一揪粽子，也是三个，说，给孩子们解解馋。母亲忙说，这怎么是好？刚刚进屋洗手的父亲又叫了起来，原来灶台上也有一揪粽子。母亲想起，说，中饭后后门头祥嫂来过，肯定是她拿来的。一家人在这个端午，被邻居们的举动感动了好久。

远去了许多岁月，一年一回的端午又要到了，我却不由得沉浸在往事之中。如今父母也已经离去，我的那些老隔壁邻舍，离去的离去，分开的分开，老家早已经破败不堪。虽然端午这个节日还是照样地在传承，但那一种亲情，那一种乡情，那一种自然的情感，恐怕再也回不来了。

箬 米

我特别好奇，好奇得要命。

然而我知道：他们说的是真的，没有骗我，不是故事。

父辈们确实老了。他们的头发已经苍白，他们的额头布满皱纹。他们用掉了牙有些漏风的嘴里，说出那些过往，那些真实，那些心酸。不过，他们的语言充满神圣，他们的眼神放出敬畏之光。

也许这是很久很久以前的事了。

这以前，我一直不信箬竹会结米。那些修长的细秆子上长着宽大的叶子，从来没听说会长出穗子来。那些可以摘来裹粽子的叶子，很清香。它的秆子上居然可以长出做粽子的米来。信吗？不信！然而就是如此，在那饥荒的年月。

父辈早先也不信，从他们的小时候开始，从来也没听说过。他们一直生活在贫困当中。包括他们的童年、青春，还有他们的土地，山林，破落的家。

许多时候，生活总是这样，虽贫，但总有些欢欣。比方说有劳动，有收获，有庄稼，有收成，还有友谊。

这一年，什么也没有，唯一有的是忧愁。不知是人祸还是天灾，这一年，地里长不好庄稼，家里养不好六畜。连山上的野草也是不见好长，草木枯黄。

绝望，是这一年的年度之词。然而，绝望之后，仿佛又有希望。山里人信天，天无绝人之路。

也许，真的是也许。老天觉得可怜人们，这一年，初夏，箬竹开花。淡黄色的小花，淡淡的清香。开始父辈们觉得奇怪，箬竹开花，奇闻。那年代，奇闻怪诞多，人们诧异过后，随即忘记。直到这个秋天。

秋天，一个收获的季节。可是这个秋天没有收成。山里人总有法子，肚子饿了，自己上山去找。于是发现了奇迹，箬竹生穗。能吃吗？想想箬竹叶子可以包粽子，那么它的穗粒也应该能吃。有人偷偷采来，去壳，成了白花花的米粒。做饭，饭香。一个词：好吃。邻居传隔壁，亲朋传好友。大家都上了山，采集箬米。

我还是好奇，好奇的是这是好事，上天垂怜。可父辈们说，村里干部居然不让上山去采。

干部们把持了上山的路口，看到有人采得箬米，抢来倒掉。折腾啊！然而，折腾不过肚子，自己的肚子，家人的肚子，尤其孩子、老人的肚子。干部也一样，有家人，有老人，有孩子。更何况这是老天降下的礼物，填饱肚子当然是第一要务。最后，干部们也忍不住上了山。

故事没完。这一年，人们肚子填饱了。箬竹成片枯死，仿佛箬竹献出了自己，成就了人们。我每当听完这些故事，心里就会冒出一个词：伟大。大自然的所有，包括植物，其实都是伟大的，而人反而显得非常渺小。

第二年，山上又冒出了一片片绿绿的长着宽大叶子的修长的箬竹。从此，再也没有开过淡黄色的小花，再也没有长出穗来，箬米成了一个记忆中的故事。

六月六

"六月六，猫狗洗冷浴。"农历六月初六，母亲翻出家里所有的衣裤、鞋袜，拿到道地上太阳底下晒。母亲说：经过这天的太阳晒了，一些秋冬穿的衣裤、鞋袜可以安心地放起来了。我不知其中的道理，但想来总有它的缘由，也不去管它，任由母亲操劳。

据母亲说，六月初六的太阳有苦的味道。小时候不明就里，常常跑去太阳底下，张开嘴伸出自己鲜红的舌头，想品尝一下太阳的味道，但感觉一个字"热"，其他的味道就感觉不出来。不过我经常看到我家的大黄狗，它却时常出来晒舌头，那舌头长长的还流着哈喇子。看着大黄狗鲜红的舌头和气喘吁吁的样子，心想：莫非这狗能品出太阳的味道？想起来真的好笑，毕竟年幼，对什么都有一种好奇心理。

农历六月初六，似乎是一个特殊的日子。既不是节日，也不是节气，在我老家却有许多关于六月初六的故事，最典型的是关于九斤姑娘的传说。相传绍兴城里最聪明的姑娘，是九斤姑娘。九斤姑娘嫁到石家以后，挑起了当家的重任。有个三叔婆仗着自己是长辈，老是欺负石家，石家因为看她是长辈，年岁也有些大，就让着她一些。但九斤姑娘不是那么好欺负的，三叔婆自然讨不到好处，于是怀恨在心。在六月初六这一天，大家自然要拿出一些家当来晒。九斤姑娘喜欢看书，藏着一些书籍。这一天除了晒一些衣帽鞋袜之类外，还拿出一些书籍来晒。不想被三叔婆发现，这些书籍里居然有一本《相骂经》，于是又出现了她们两个斗智斗勇的一幕，结果九斤姑娘还是占了上风，代表老顽固的三叔婆败下阵来。

六月六以后，暑期便开始了，天气进入了所谓的烧烤模式。村里人也减少了野外的劳作，只是早晚出门，去田间地头、山林坎边稍事劳动。有些不是很勤劳的人，干脆不去，终日在村里小弄口，阴凉处，桥底下休息聊天。隔壁有个懒汉叫阿祥，逢人便说：好汉不赚六月钱呐！父亲对他满是不屑，常对我们说，六月的日头，不晒要后悔。但看着这毒辣的阳光，心里真的有些怕。

我一直怕热，有时候父亲让我跟着去地里劳作，我总是推三阻四，编各种理由逃避。父亲说：不去太阳底下锻炼，以后像一株嫩苋菜，见不得太阳，怎么出去工作？真替你担心。母亲反驳着说：你这是愁得六月没日头，儿孙自有儿孙福，生得人头总吃人饭，愁个啥？这时父亲往往摇摇头，自顾自地出门劳作去了。

六月初六这一天，似乎家家户户的人都要去山上摘来一种植物。那植物名字也好听，叫作"六月雪"，长满绿色叶子的秆子顶端，开着一簇簇雪白细小花朵。据说在这一天采来的"六月雪"最好，早上去采来，晒上一天，就可以用来泡茶，解渴、降暑，还可以驱痧气。由于山上竹林长满了这种植物，村里人在这一天会放弃其他劳作，专门去山上采摘，回家晒好以后，除了自己家留一点，多余的便拿去送人。起初，这种东西只流行于老家以及附近一些在老家有亲戚的地方，后来渐渐地传到了城里的一些饭店。据老家人说，现在一到这个时节，有很多人会来采摘"六月雪"，似乎成了一种解暑妙药。

我还是怕热，但我已经离开了老家。现在我享受着空调的凉爽，但老家许多自然的东西在我心里从来没有淡忘，随着年龄增长，内心却越来越向往了。

老堂前里的旧故事

老堂前里第一次开村民会议，由乡政府的驻村干部吉委员主持。吉委员是个癞痢，整天戴着帽子。村民们当面称他吉委员，背后呼他"吉癞子"。不过这个话只能在要好的村民之间，相互偷偷地说。要是被村里老马听到了，要"吃生活"（方言，指挨打）。

吉委员发言有个习惯，每次开头都要装模作样一番：目前，咳咳！现在，咳咳！眼下，咳咳！据听过他多次讲话的村干部说，这几乎成了一个让人记忆深刻的模版。许多人，甚至有些孩子，在平常都模仿着他的讲话。后来他或许也意识到了这一点，但还是改变不了，每次会议发言照样如此。

这次来村里开会据说是来做形势报告，他还是不紧不慢地目前、现在、眼下了一番，听得人强忍着不发出声响，也算是对他的尊重。接下来，他却滔滔不绝起来。会议从晚点心开始，一直到快天黑，他还不够尽兴。有人说，吉委员，天都快黑了，你讲完了没有，等下要去拿火把，家里的洋火可要省着点用。村里老马出来圆场，还拿出家里仅有的一盏洋油灯点亮。吉委员笑了笑,说,你们呐不用愁,好日子马上要来了,以后啊!点灯不用油,屋柱子上摁一下,整间屋子就亮了。众人大笑,都说,六段《西游记》,活放娘狗屁!有这么好的事?吉委员微笑着点了点头,又继续畅想着,是啊!到时候楼上楼下电灯电话,出门走亲汽车飞机。村里人又笑,有人私下轻轻说,"吉癞子"放得大麦屁,信吗?不过有许多年轻人却听得津津有味,说不定真的能实现呢!

村里第一只广播被安装在了老堂前里的屋柱子上,在安装的前一天晚上,人们聚集在老堂前里,像看西洋镜一样奇怪。这几天老马带着村里年轻人,从山上砍来毛竹,又一根根地种在村口小路边上,一根细铁丝架在了上面,一直连到老堂前的屋里。老马从乡里拿来一只小木盒子,把它挂在了屋柱上,然后把细铁丝跟木盒子连接在了一起。有人说,老马,这个木盒子干吗用的?老马笑笑,说,明天一早大伙来了就知道。大家虽然疑惑,也没多问。依旧说故事的说故事,讲笑话的讲笑话。直到很晚散去,各自回家。

第二天天没亮,老堂前门口挤满了村民,村民们期待着那个木盒子里的奇迹。鸡叫三遍,山头上露出白光,忽然木盒子里传出《东方红》乐曲。没出过门的女人们惊呆了,她们从来没听过这么好听的音乐。虽然她们也听过戏班子的戏文,但是这声音可是从那个小小的木盒子里出来的呀!有人说这人在哪里唱啊?这么小的木盒子又住不下人!几个见过世面的人说,这是《东方红》,歌颂毛主席的歌,唱歌的人在好远的地方,歌声是从那根细铁丝上传来的。她们怀着好奇的神色看看老马,老马点点头。不一会儿,歌声停止,木盒子里却传来了人们熟悉的模版,"目前,咳咳!现在,咳咳!眼下,咳咳!"是"吉癫子"!众人哈哈大笑起来。看起来"吉癫子"说的还真的能实现,人们开始有些憧憬起来,说不定他畅想的那些东西,离人们不远。

"亮了!亮了!"随着村里九十多岁的阿太(老马的母亲)颤抖着手拉下屋柱上的开关线,十五瓦的白炽灯泡发出了耀眼的光,整座老堂前光明了起来。人们激动地拍起了手,年轻人甚至吹起了口哨。老马也激动得热泪盈眶,这些天为了拉电线,村里人起早落夜跟着干。从第一只广播开始,村民们似乎认定吉委员说得不假。他说的不是大麦屁,那些好事真的会有。这不,有好几个村民都要求老马,尽快也把广播跟电灯安装到自己家里。

没多久,村里每户人家都安装了广播跟电灯。老堂前却安静了下来,唯有那些板壁上的雕刻,依旧栩栩如生。至于老堂前里发生的一切,或许成了故事,久了会被人遗忘。但老马开心了不少,毕竟村民们有了自己的幸福生活。用老马九十多岁母亲的话说,这"吉癫子"说的话真的很靠谱。

那间远去的老屋

有一次，跟诗人陈家农先生去我老家。在那个山村，诗人一定要去看看我"旧居"。旧居锁着门，门庭破败，墙面斑驳。屋檐青瓦间长出了狗牙齿草，墙角满是青苔。唯有大门上方一块门牌，有些显眼。门牌蓝底白字，上刻："黄土村81号"，看来真还有一丝纪念意义。诗人笑着说："等你出名了，这倒是一个极好的让人参观的去处。"还提议，我们合个影，以免将来用得着。我哈哈大笑，同行的人也跟着笑。

我一直不敢邀人去老家，怕让人瞧不起，怕被人知道我老家的寒酸，落后，闭塞，愚昧；怕被人知道我的家，原来这么破败，低矮，阴暗，潮湿，甚至有些邋遢。十多年了，我每次回老家，都不会，也不敢去看一下那间让我感觉难受的老屋。

老屋是奶奶造的，说是两层小木楼，其实非常低矮，低得让人抬不起头。大门低矮，进门让人不敢抬头，怕碰着门梁；进了门不敢挺腰，怕头顶着楼板；楼上更是低矮，一伸手就碰着屋檐。据说，当初奶奶造这房子，吃尽了苦头。爷爷去得早，奶奶带着我父亲，靠帮人洗衣做饭生活。听说我奶奶要造房子，村里族长说了，地随便挑，木头山上随便你去砍，一副鄙视的样子。

不想，族长的态度激起了奶奶邻居的不满，纷纷表示愿意帮忙。有个阿松爷爷，当场牵来牛，背来犁，在一块地上翻了起来，说这块地给我奶奶了，犁地，是要让我奶奶和我父亲翻个身。一些邻居的年轻人都上山，砍来了树，请来木匠。最好心的东阳来的泥瓦师傅说不要工钱，帮着造。没多久，这房子竟然生生地造了起来。

　　后来奶奶跟爸爸一直住在这屋子里，奶奶直到死时，一直不敢忘记邻居们的恩情。离开人世时，拉着我父亲的手说，要一辈子记住邻居们的好。父亲自然没忘记，后来因为村子很小，没多少人家，所以晚上我家成了邻居们聚会之处。每一天谁谁从外面回来，听到的看到的，都来我家说。最有趣的是，几乎每天都有故事听，纣王妲己，秦琼关公等。英雄侠义，美人绣球，一年四季，都能在我家演绎。

　　自从我爸爸这房子留给我后，我心里充满了不满。埋怨他们没用，埋怨他们不公。我老婆倒是开朗，说没事，大人家私，有最好，没有也罢，我们自己创造更好。就这样在这破旧不堪的老屋里，我们欢笑，幸福，满足着。

　　一个偶然，朋友看我这么个境况，说让我办个材料加工厂，他包销路，且场地不需要很大。看着我犯难的样子，老婆说，就在家里办吧！于是这间奶奶留下来的老屋成了一家小厂。吃饭、睡觉、生产都在这间破败的老屋里，老屋一下子充满了生气，仿佛真的应验了奶奶造房子时，那个让我们翻身的咒语。

　　有些年了，我们从当初的那间老屋的家庭作坊开始，勤劳做事，善良做人，如今早已离开了那间让我既心酸又幸福的老屋。不知为什么我倒有些害怕去老家，去老屋。在心里老屋已经渐渐离我远去，唯一剩下的恐怕只有回忆了。

没头爽和踏浮桩

　　看着小显一头扎进塘里，许久在这个山塘的另一端浮出头来，我心里羡慕至极。虽说这个山塘不大，但也应该有个几丈远，从这头到那头估计也要好几分钟吧？

　　我缠着小显要学这门技艺，小显觉得我还不能学。因为起码我还不会沃水（游泳），于是我便跟着他学沃水。

　　那时正好暑假，没几天我学会了沃水。再没多久，我竟然在这个山塘里可以来回沃好几趟。在小显不在的时候，我至少可以对那些比我小，或者不会沃水的孩子炫耀炫耀了。不过我还是没学会小显那招一头扎进水里，一直到塘对岸才浮出头的绝招。我也趁小显不在的时候试过，我不敢像小显那样从岸上一跃而起扎进水塘。我偷偷地在那个难看的狗刨式当中自己试着沉下去，可一到水面底下，便透不过气来。于是忍不住浮起来透个气，再试着沉下，还是不行。但沃水的本领与日俱增，我甚至学会了仰泳，还有侧着身子沃水，这也足以自豪了。

　　小显是个杭州城里人，听说他爸爸犯了事，被劳改到了我们村里，小显和他妈妈一起也跟着来到了我们村。小显爸爸本事很

番薯花开・045

大,什么都懂,是个有大学问的人,因此村里人也不把他当作犯人,有的村民甚至和他成了好朋友,比如像我爸爸。那日中午,小显去了杭州外婆家没回。我便带了几个小伙伴一起,又欢笑着到了这个山塘边。我们脱光了裤子,其实本来就只穿了一条短脚裤。我们几乎都穿着一抹色的短裤,只有宏坤穿了一条花短裤。我们对着他哈哈大笑,宏坤害羞着说,他好几条短裤都破得不成样了,没办法他妈妈把自己穿旧的改了,用缝纫针缝了一条让他穿。在一阵哈哈声中,我们纷纷下水,玩了起来。由于在这一群人当中,我的沃水技术最好,我卖弄着,一会儿狗爬式,一会儿仰泳,一会儿侧身沃水。许久累了,我便仰面向上,躺在了水面上。看着蓝天白云,看着炎炎烈日,我觉得整个人都快爽翻了天。

正在我自己感觉享受得不得了时,"哇"!一阵惊呼传来。我一个浪里白条,翻身一看,自己也是惊得目瞪口呆。不知小显什么时候已经来到,而且下了水。只见他双手挺举,在水塘中央徐徐前进。这下小伙伴们个个睁大了双眼,惊叹得吐出了长长的舌头。本来我对小显那水下功夫就已经佩服得五体投地,这样一来,他在我们心目中完完全全是《水浒》里的浪里白条了。

小显跟我是邻居,门挨着门。吃过晚饭我便缠着让他教,小显比我大了好几岁,他熬不过我,便先让我知道沃水的许多名称。他告诉我,那个一头扎进水里的技术,名字叫钻"没头爽",因为沃水时整个人被淹没,所以叫"没头爽",要有一定的闭气能力。那双手挺起于空中,身子在水里走的技术,名字叫"踏浮桩",这要有一定的沃水技术。小显让我先练闭气,说家里就可以练。小显拿来一个木盆,盛满水,让我低下头去,整个脸都在水里,然后帮我数数,开始有些闭不住。慢慢地数到十、二十、三十……后来让我回家练。小显说,还有"踏浮桩",只要沃水熟练了,可以自己试着把双手举起来,没多久就可以学会。

第二天,小显又去走亲戚。中午以后,我们一群小家伙照例去了山塘,这次我偷偷地试着沉入水面,努力闭气,双手朝前划着。我的头浮出水面时,回头一看过了大半个山塘。再试着举起双手,双脚乱蹬,但没能坚持多久。不过终于有些许成功迹象,我想着用不了多久,我一定会成功。

过了三五天,小显走亲戚回来了。这一次,小显的两门技艺"没头爽""踏浮桩"我基本上已经掌握。在这口山塘里,小显对我露出了赞许的目光,尽管我的技艺跟他相比还差得远。

七月十五

"七月半,开鬼门,鬼门开了出鬼怪。鬼怪苦,卖豆腐……"据说在七月半这一天,阎罗王大开鬼门,让鬼到阳界来走走,看看亲人,看看朋友,或许也来看看仇人。

老家村里有个疯子,叫阿木。年轻时一表人才,娶了一个老婆也很是齐整。那一回也是七月半,在头一天晚上,应该是七月十四晚上。他家做酒酿馒头,由于老婆勤劳,馒头做得有些多,有好几格大蒸笼。做好以后,阿木心疼老婆,让老婆先去睡觉,自己慢慢烧火蒸馒头。大概到半夜,馒头也差不多熟了,阿木有些累。天有些闷热,阿木身上也出了许多汗。于是出去到门口小溪洗澡,月亮挂在天上,小溪水清澈见底。阿木很是舒畅,洗了头,心想把衣服也洗了吧,明天是七月半,也好让老婆安心准备请阿太的祭品。

阿木把衣服晾在门口晾杆上,随便擦了下头发就去睡了。第二天,阿木老婆起床时发现阿木全身发热,面孔潮红,说话胡言乱语。阿木老婆叫来公婆,谁知阿木看见爸妈,竟然说起他故去的爷爷的话来了,语气惟妙惟肖,这下唬得公婆都战战兢兢。连忙烧菜做饭，公公说："赶快请阿太。"不一会儿，烧好菜饭，摆起八仙桌，点亮蜡烛。全家人赶忙诚惶诚恐地祭拜起来，还烧了许多纸钱。

阿木仍旧不见好转，婆婆说："要不去邻村问问三姐亲娘？"三姐亲娘方圆几里名气大，听说能通神，有菩萨附身，一般妖魔鬼怪通通怕她。村里人家有些疑难事情，都去问她，又不收钱。

阿木老婆跟婆婆两人，吃过中饭就急急地到了三姐亲娘家。说明来由，送上点小意思。三姐亲娘点上一支烟，猛吸两口。说："待俺去看看。"说着手舞足蹈地唱起京戏来了，什么快马加鞭啦，诸神让道等。突然间，两眼一闭，全身一哆嗦。婆媳俩大气不敢出，惊恐万分。好大一会儿，三姐亲娘终于回到人间。整个人很累很虚脱的样子，气喘着说："阿木昨晚被一恶鬼附身，谁叫他把洗了的衣服晾在外面？又谁叫他洗了头披头散发地睡觉？"又说："费了好大力才跟那恶鬼说通，只要你们多烧些纸钱，叫个人得次夜头（得夜头，方言，指乡村驱邪的一种迷信活动）就会好的。"

婆媳俩赶快回家，照着三姐亲娘说的做了。过了些天，阿木身上不再那么热了，看起来身体也恢复得较快。但神志却依旧不清，胡言乱语。有时会莫名地笑，有时会莫名地哭。后来阿木老婆受不了，跟阿木离了。

阿木父亲死的时候，阿木有个早年在外，不通音讯的哥哥回来。见家中如此，不胜凄楚。或许他哥哥有些来头，竟然叫来名医，但为时已晚。名医说，阿木的病因是受凉侵入寒气，发热过度。耽搁了医治时间，烧坏了脑子。十多年以后，阿木母亲也去世了，有一天阿木忽然失踪，从此再也没有消息。

麦香时节

当布谷鸟叫得欢的时候,麦子基本上已收割。大麦跟油菜比小麦早一些收割,已经晒干。喜欢尝新的人家,很快把大麦磨成了粉,以前的人比较粗放,磨粉时连皮带肉磨成一起,这样会有料一些。勤劳的婆娘,手脚麻利地做起了点心。最快最省心的点心是做懒惰麦糕,和了麦粉,加点石灰,在饭架上铺上棕叶,把和了的面粉团摊平放好,蒸上一些时光。等揭盖时,香甜可口的懒惰麦糕,便热腾腾地捧在手里,热跑火辣地吃了起来。

新油要去镇上榨,敲出了的油菜籽,已经晒了好几轮太阳。有经验的人,用嘴巴咬几粒,就知道可以拿去油厂榨油了。一般早上去,下午就可以回。去时几担菜籽,回来时成了一桶桶的油,还有菜饼。没到家,老远就闻到油香味了。

因为快接近端午了,有些人家要挑担子给新人,或者给小孩。担子除了粽子、衣服鞋帽之类,必须要放几把麦草扇。编麦草扇有讲究,是一门女人必须有的手艺。如果哪个女人能编织一把漂亮的麦草扇,那是相当荣耀的事情。编织麦草扇也很费时、费力、费心,要先编织麦草带,然后弯成圆形,再加上一根竹子片的柄，圆心里用一个花布包成的扇托，顶住扇心，扇托的布上绣好看的图案，有花鸟、鸳鸯、荷花、牡丹等。编织麦草带的麦草，必须是麦穗下面第一节麦秆，而且必须是大麦。小麦秆壁厚又脆不适合编织，大麦秆壁薄有韧劲非常适合。女人们在大麦成熟时，拿剪刀去麦田里，挑选麦秆剪了回家，又剪下麦穗。然后把麦秆放水里浸泡，等麦秆发白，捞起，放太阳底下晒，干了就放一边。等编织时又把麦秆浸泡到发软，拿起，干一下就开始编织。等编织到一定长度，弯成圆形，用纱线缝住，再把绣好图案的扇托，钉在扇心，然后夹上做好了的油光发亮的竹片。一把秀气漂亮的麦草扇子，终于完成。这时，一个能做一把漂亮麦草扇的女人是吃香的，会有许多人家请她去做。

孩子们这时也很开心，他们一边在大人晒着的麦草上翻跟斗、打虎跳，一边掐下麦秆做哨子。取一根中心麦秆，一头留节，一头开口。用麦穗下面小一点的麦秆，划破中心麦秆。一边划一边嘴里念叨："大麦光光，小麦黄黄，大口田里撒泡尿，小口田里拉泡屎。唔喽唔喽大大响。"再放进嘴里，一吸一吹，划破了的麦秆，在嘴里"唔喽唔喽"地响了起来。害得那些一手拿着懒惰麦糕，一手擦着鼻涕的小一些孩子，羡慕得两眼发光。

通常人们认为布谷鸟叫的是："阿公阿婆，割麦插禾。"在老家人们认为布谷鸟叫的是："咯汤咯果，大家吃过。"因为布谷鸟叫得最有劲时，小麦也已经收割完毕。麦田里已经放满了水，就等着耕田插秧。青蛙成片地叫，毛螃蟹也张牙舞爪地横行起来。麦草晒干了，收到了柴火间里。磨坊里很热闹，都是磨小麦粉的人们。最快最容易的面食是糊麦果，用柴火间里的干麦草，在土灶台里生了火。女人手脚麻利地调好了稀薄的粉，用一把铲刀，挑起一团湿湿的粉团，放进大铁锅里，刮了起来。不一会儿，贴着锅底的粉干了，女人用一个瓷调羹蘸少许菜油，在上面抹几下，一张薄薄的香香的脆脆的几乎透明的大饼，出炉了。吃得考究的人，在饼子中间加些早已弄好的咸菜之类，叠成一团，便嘎吱嘎吱地咬了起来。

多余的菜油，多余的小麦，终于收藏了起来，人们慢慢地开始享受收获的甜蜜。然后劳动又开始了，播种、插秧，另一份丰收的希冀又在人们的辛勤中浮现。

Chapter
2

鸟兽虫语

老　鹰

喜欢看老鹰展开羽翼，盘旋在天空的样子；喜欢看它飞翔时，划过天空那一道道优美的弧线；喜欢看它飘浮在蓝天上，那份宠辱不惊的潇洒。然而我对老鹰总喜欢不起来，甚至有些憎恨。

老家人每次看到老鹰出现，总会出现一些骚动。"看，冒老鹰（老家人对老鹰的称呼）……"有人一声惊呼。大人，小孩跑出好几个，仰望着山顶间隐隐展翅的老鹰，充满了惊恐和崇拜的神色。

村妇们显得有些慌乱，因为她们养的母鸡正带着刚孵化不久的小鸡，出来玩耍。老鹰的眼睛可是比什么都雪亮，在老高的天空，照样看得清地上的小鸡。母鸡和小鸡浑然不知，危险正一步一步向它们走来。

隔壁阿松婶子，是个大嗓门，平时唤人，只要一开口，整个山村都听得见。她家每年都有一只老母鸡，会孵化一群小鸡。且鸡窝就在她家房子边的山坡上，很容易被攻击。老鹰盘旋着一点一点地下降，终于看得清它锋利的爪，亮晶晶地闪着寒光；它的微微弯曲像极了鱼钩的嘴,让人看着觉得身上某处会锥心的疼;它的眼睛发出吓人的光来。母鸡忽然感觉危险,警觉地仰起头伸开不大的翅膀,庇护着它的孩子。突然,老鹰俯冲下来,老母鸡大声呼叫着:"咯咯咯咯咯……"奋力搏斗。阿松婶子赶到,加入战斗,展开大嗓门:"啊哦!啊哦!啊哦……"一手拿着一个破脸盆,一手拿一根棍子,一边敲脸盆,一边喊。或许老鹰没见过这阵势,又或许老鹰觉得自己没把握,只得一冲向天,放弃这美餐。但终究不甘心,不时地回头俯冲了好几次。无奈母鸡和它的主人防守严密,老鹰悻悻然回到天空,依旧展开优雅身姿,继续俯视、寻觅。

老鹰的强势我还见到过一次。那是一个傍晚,我接小孩放学回家,学校离村子有五里路光景。摩托车载着儿子与我,快速前行。晚风凉爽,我们舒服地享受那份好天气带来的心境。"爸爸,你看,老鹰!"儿子疾呼一声。我抬头望去,好家伙!一只巨大的老鹰,站立在路中央,高仰着头,不可一世。再仔细一看,老鹰脚底下,踩着一只小鸟,它的挣扎已然无力,悲鸣声若有若无。老鹰看到我们的摩托车,毫无惧色。这家伙!竟然嚣张到如此地步。这时夕阳已经搁在山坳,余晖斜照过来,形成一幅残忍的凄惨画面。儿子快哭出声来:"爸爸,快救救小鸟!"来不及细想,我加大油门"轰"了过去。老鹰终究有些害怕,也许它想不到我会朝它轰驰过去,蓦然一惊,张开翅膀,飞上天空。也许是老鹰受到惊吓,又或许是小鸟看到有人相救,奋力挣扎。老鹰丢下了小鸟,飞向了那落日的山坳。小鸟捡了性命,扑腾着逃入路旁草丛。我们停车走过去察看,小鸟受伤严重,在草丛中已经无力飞翔,甚至连张开翅膀的力气也没有了。儿子小心地把它带回了家,像照顾一个朋友似的照顾它,帮它包扎伤口,喂食。还查看资料,得知这是一只竹鸡。没多久竹鸡伤势好转,儿子把它放到了屋后竹林里。说也奇怪,后来我家屋后,经常有许多竹鸡嬉戏、觅食、欢叫,以至于竹鸡的叫唤成了天气预报。我父亲从竹鸡的叫唤声中,居然听出了门道,说:"晚竹鸡叫,晴。早竹鸡叫,雨。"很灵验。

据说,老家有一种叫"打雕神"的鸟,不怕老鹰。个头跟乌鸦差不多大,很敏捷,常常十几只一起,在天空中飞翔。看到老鹰在天空中翱翔,它们会主动攻击,一哄而上,老鹰左右顾不及,往往会落荒而逃。但这只是一个传说,没人看到过它们的战争,大人们说他们的爷爷辈看到过。可惜他们的爷爷辈,人没一个健在的了。

萤火虫

南瓜花开的时候,萤火虫多了起来。

蝉不厌其烦地鸣叫着,从白天到晚上,一直没歇过。相对于萤火虫的安静,蝉似乎有些惹人讨厌。萤火虫只是无声无息地闪着光,蓝莹莹的光。在这个夏日的黄昏,也只有萤火虫最使人宁静。看着萤火虫一闪一闪的样子,白天里的烦热和劳累,这时都消失了。剩下的只有晚风的凉爽,还有不可言喻的静静的飘远的思绪。

我的记忆里很多的是夏日晚上,萤火虫飞舞的影子。南瓜是种在房前屋后的,还有溪边路旁也种,用长长的竹梢头搭的棚。我不知道为什么南瓜花开了,萤火虫就会来。

"萤火虫,夜夜红,青草窝里点灯笼。灯笼点点做什么?寻利线(缝纫针),利线寻寻做什么?缝麻袋,麻袋缝缝……"每个小孩子都这么唱过。晚上我们什么都不做,就捉萤火虫,因为南瓜叶的茎(俗称"南瓜梗")里面是空心的,就把捉来的萤火虫,放进去。大约有十几只萤火虫放在里面,就成了一根荧光棒。我们挥舞着好开心。

有时候，我们会好奇，萤火虫的屁股上到底有什么，怎么会发亮。等玩腻了时，拿来用鞋底磨一磨，萤火虫便成了一抹荧光，转眼消失了。

奶奶叫我们不要玩萤火虫，说是一不小心它会追进脑子，吃我们的脑髓，万一我们脑髓被吃了怎么办？然而我们根本不信。我们还拿用光了的墨水瓶，装萤火虫。用一根线扎住瓶口，另一头扎在一根棒子上，当作一盏灯笼。提着，大摇大摆地走来走去。

上学后，外公给我讲了许多有关萤火虫的故事。但有一个故事我记得最深，说是很久以前，有一个叫车胤的人，学习很用功。因为家里穷，晚上大概为了节省灯油吧，便去捉许多萤火虫，放在纱布缝成的袋子里，挂在梁上，当作灯用。然后在萤火虫灯下看书，最后考上状元。虽然我很敬佩这个人的用功劲，但我问了一个问题，外公却答不上来。我说："外公，后来车胤眼睛有没近视？"对这件事，外公一直耿耿于怀，也成了外公不喜欢我的原因。

在大人的眼里，我总是出奇出格，问题也特别多特别怪。有一次，我问隔壁阿毛叔：萤火虫从哪里来？又会到哪里去？屁股上没有电怎么会亮？阿毛叔自然说不出个所以然。只能说：从小虫子变来的呗，老了就死了呗。萤火虫本来就会亮的啊。这些问题，直到后来我才知道。但小时候确实对什么都很好奇。

不过有一个问题，我是通过自己观察才明白的。有一段时间，我老是困惑，萤火虫吃什么？然后停到哪里去？为了弄明白这件事，我好几个晚上看萤火虫飞来飞去。终于看到有一只萤火虫，从一朵南瓜花飞到另一朵。然后跟蜂蜜一样，在花朵里爬来爬去，原来它在吃花粉和花蜜。

萤火虫，我们童年时最美好的记忆。

几日前，我也去老家村里，待了一个晚上。南瓜花依旧闹满，可萤火虫却没有看到。不知为什么，心里总觉得有些失落。看看村里的别墅和路灯，突然感觉有些难过，好像是这些赶走了萤火虫似的。

蟑　螂

　　每次追打蟑螂时，蟑螂总是仓皇的样子。那种惊慌失措，那种茫然无路，让人觉察到那种对生命终结的恐惧。不知蟑螂有没有思维，但那种自然的本能的反应，那种求生的欲望，跟我们人类对待生死又有什么区别。

　　看到蟑螂，我习惯的动作，就是去追打。或手拿器具，或用脚踩，但我从来不直接用手去拍，我怕拍死蟑螂时，那种黏稠稠白糊糊的东西，蟑螂没有鲜红的血。我看到那种液体，胸口便会难受得反胃，有一种想呕吐的感觉。

　　蟑螂逃生的反应很敏捷，跑起来很快，一不留神咻地逃进板壁缝里，或者橱柜里让人捉摸不到的角落。有时候还会向我示威，在躲进板壁缝里时，还会用它长长的须，伸出来晃动几下，不知道是不是蟑螂故意这么做。但就是没办法对付它，因为板壁缝里太狭小了。对于我的拍打，蟑螂也会抗争。有一回我还被蟑螂吓了一跳，在我追打蟑螂时，突然有一只蟑螂飞起来，"噗"地飞到我脸上，我感觉到，它用好几只脚抓我，还差一点抓到我眼睛。我真的被吓坏了，本能地用手重重地拍打了自己的脸，结果，蟑螂被拍死，我自己也拍伤了我自己的脸，害得自己脸疼了好几天。最要命的是一手掌白糊糊黏稠稠的东西，虽然洗了好几次，但心里总是挥之不去，几日吃不下饭。

邻村有一个卖老鼠药的，也兼卖蟑螂、跳蚤、蚂蚁药。他的叫卖声抑扬顿挫："卖……蟑螂、革蚤（跳蚤）、蚂蚁老鼠药。"很好听。他卖的药有粉剂，也有液剂，还有粉笔样的。我们一般买粉剂，有时候也买几支粉笔样的。粉剂最好使，只要在抽屉里、橱柜中撒上一些，用不了多久，许多蟑螂便四脚朝天了，你打扫一下就行，效果特好。那卖药的说，其实蟑螂没有死。这种药只是一种迷药，蟑螂是被迷晕了，要赶快处理，不然要还魂。粉笔样的药，有些好玩。对蟑螂躲得很好，人又看不到的地方，只要在外面用笔画上几条线，蟑螂便乖乖地自己出来送死。

在乡下老家时，记忆中从奶奶到母亲，一直跟蟑螂在战斗，蟑螂却从来也没有被消灭掉。它总是惹人讨厌，脏兮兮地在橱柜中、抽屉里生活着。最恶心的是蟑螂一点也不讲卫生，只要过些日子不去打开抽屉或者橱柜，里面就会有许多芝麻大小的粪便，真的让人恶心。

或许因为蟑螂有如此顽强的生命力，所以有人给蟑螂取了个好听的名字：小强。但我一直不明白这个名字的由来，直到有一次看周星驰演的《唐伯虎点秋香》，才知道把蟑螂叫"小强"，原来是这么回事。在电影《唐伯虎点秋香》中，周星驰所饰演的唐伯虎，为进入华府当杂工，假扮卖身葬父的可怜人，却遇到了卖身葬全家，连伴随多年的狗都当场死亡的对手。于是周灵机一动，把身旁不小心被踩死的蟑螂称作"小强"，并视为多年饲养的宠物为之哭泣，终于战胜对手进入华府。另外，在周星驰的电

鸟兽虫语·061

影《算死草》中,周演的角色指一位无辜的犯人谋杀了他的好友"小强",但这个"小强"不是人,而只是一只蟑螂。正是因为蟑螂的生命力十分顽强,才赢得了周星驰这个大明星的抬爱。

忽然明白,尽管人们厌恶蟑螂,但蟑螂由于它的顽强,由于它更适应各种生存环境,所以它才生命力旺盛地繁衍了下来。我相信,人与蟑螂的战争,还是得继续下去。

蜂

在任何情形之下，我们都不敢去惹马蜂的，尤其不敢去捅马蜂的窝。马蜂很凶狠，个头又大，进攻时一群群地来蜇，据说能蜇死一头牛。贵州人不怕，他们经常去捅马蜂窝，还把马蜂的蛹弄来，烧着吃。

马蜂窝，一般筑在高大的树上，有鸡笼那么大。土黄色的，很精致，上部有一个洞，便于马蜂飞进飞出。马蜂吃树的汁水，也吃花的蜜，还会捉虫子吃。

我对马蜂恨之入骨，不是因为马蜂咬过我，而是因为马蜂吃小蜜蜂。我有一好友，是养蜜蜂的。春天出去，秋天回来。小蜜蜂给朋友带来了财富和甜蜜。每次回家，已经入秋了，花也很少了。蜜蜂却还是劳碌着，在蜂箱门口进进出出。这时可恶的马蜂就会来侵犯，或许马蜂是来偷蜜，小蜜蜂明知不敌，也毫无惧色，最后往往蜜蜂很惨，在自己家门口，留下一堆尸体。好友无奈，只能干涉，每天拿一只羽毛球拍，看到侵略者到来时，毫不留情奋力拍打，这时蜜蜂才稍稍安全一点。

蜜蜂是世界上最勤劳的动物。蜜蜂寿命不长，一般三个月左右。蜜蜂可能是最守纪律的，也是最团结的群体，它们聪明，可爱。世上最甜蜜鲜美的东西就是蜜蜂创造的蜂蜜。

我不知道为什么黄蜂把自己的窝，建造成莲蓬模样。黄蜂的窝一般建在大一点的树叶底下，或者屋檐下、岩石下，只要能够挡风遮雨的地方，都可以建造它的窝。黄蜂的窝就是一个倒挂的莲蓬，只不过莲子是它的蛹。黄蜂蜇人很厉害，好疼。由于它的窝不大，有些灰暗，不容易发现，一不小心会被它蜇咬。黄蜂也吃些树汁，还吃花蜜。

最不待见的是土蜂，我们叫它"地洞胡蜂"，来去一群群的。我们有时去山上或者地里，一不留神"嗡"的一声，出来一大群。这时我们第一反应就是用衣服蒙住头，赶快躲开，不然要被蜇得鼻青脸肿。你别小看这一个个灰不溜秋的小东西，你一旦侵犯它们，就会吃不了兜着走，让你痛苦不堪。

曾经跟着一个老人去山上，割过野蜂蜜。那是一座很高的老山，在一块伸出山峰的岩石下，有一野蜂窝，往下延伸得好长。黄色带点乳白的网格状蜂蜡窝，看上去蜜汁有些厚实，野蜂不多，看来大多数出去采蜜了。可留守的野蜂警惕性依然很高，老远感觉有人走近，就会飞过来做出攻击的样子。老人让我站在远处，自己戴了一个蜂帽（一顶草帽四周挂下一些纱布），用一些干草点着了，但又不是明火，就让干草冒着烟。到了野蜂窝跟前，老人用烟驱赶野蜂，拿出水果刀，一下子割了很大一块，便匆匆忙忙地逃开。野蜂蜜可以生吃，就着蜂蜡块吸吮，很鲜很甜。我问老人为什么不把野蜂窝全部割了，老人说不能做绝的，野蜂自己也要吃的。

有一种蜂憨头憨脑的很可爱，我们叫它熊蜂。熊峰圆滚滚毛茸茸的身子，确实像个熊。它喜欢在南瓜花里滚来滚去，也喜欢往丝瓜冬瓜等的花里钻。不过看它傻乎乎的样子，在花朵里把屁股撅来撅去，因此老是作弄它。有时看它钻进了花朵，特别是南瓜花，守候着的我，便一下子收住南瓜花的花瓣，让它在里面嗡嗡嗡地乱叫。熊蜂性格温和，即使被作弄了也不会生气蜇人。等我放开了手，南瓜花瓣张开了，便嗡地飞了去。

惹人厌的还有一种蜂，我们叫它蛀虫蜂。不知道它吃什么，只知道它老是在门框上、屋梁上打洞。形状跟熊峰差不多，毛茸茸的，每次打完洞灰不溜丢的，嗡嗡嗡地叫个不停。因为它不干好事，老是在我们家的门框或者柱子等有木头之处钻洞（大概它是以洞为巢穴），我们很讨厌它，就拿来细小的柴棒，看它进洞了，马上塞住洞口，可往往它会从另一洞口飞出，看着门框上许多蛀虫蜂的"杰作"，我们又气又急，但也对它无可奈何。

还有许多峰，像蚂蚁蜂、九里蜂等，都有许多有趣的事情。但我发现所有的蜂，都有一个特点，就是你不去侵犯它，它永远不会来蜇你。

蚂　蚁

想不到"追风眼"竟然这么厉害,无意中被它叮咬了一下,生生地让我龇牙咧嘴地疼了好几天。叮咬过的位置,也看不出有什么伤痕,只是一个红点,可是只要你一碰就锥心地发鲜发痒(方言,指发痒的程度特别厉害)地疼。

"追风眼"是蚂蚁的一种,修长的身子,比普通蚂蚁要大一些。喜欢生活在枯烂的树、草叶或者肥沃的干燥的泥土中。

以前去山上最怕踩到一些枯烂的树、草叶堆,那里往往栖息着一大窝"追风眼"。你只要脚一踩,"追风眼"便一窝蜂地四散开来,一不小心几只"追风眼"爬你身上,痒你,咬你,让你难受至极。

菜园子里,土地松软肥沃,是"追风眼"最喜欢待的地方。有一回,随父亲去掏地,就掏着一窝"追风眼",还被咬了好几口,痛得发寒热。最后到了卫生室打吊针,才止了痛,消了寒热。

小时候,最喜欢玩的游戏自然是让蚂蚁搬家。我们把这种玩戏,叫作蚂蚁扛鲞骨头。鲞就是用盐腌过的鱼,有带鱼鲞、龙头烤鲞、鳊鱼鲞等。大多数时候,我们都用人们吃剩了的鲞骨头,来喂蚂蚁。看着一大群蚂蚁来去一条线,兴师动众地把比它们自己的个头大了好几倍的东西,扛回了家。心想,蚂蚁也足以自豪了。

有一种蚂蚁,让人感觉特亲热,那就是黄头蚂蚁。黄头蚂蚁专门爬行在灶台边,灶山上。个头细小,身子黄得有些透明。它们爬在灶台边和灶山上,是因为有东西吃,不过我很奇怪,为什么人们很少去干涉它们。

其实黄头蚂蚁很善良,它们从不叮咬人,喜欢吃甜食。

我家老房子的厨灶间,因为小,母亲经常把油、盐、糖等放在灶山上。灶山是灶台铁锅上方,一个窗户似的柜,连着灶体。方便女人烧饭时,取一些油盐糖醋之类的调料。放在那里的白糖罐里,总是爬满了黄头蚂蚁。每次做菜时,母亲像个睁眼瞎,也不管有黄头蚂蚁在,拿起小勺子合着糖和蚂蚁,一起放入铁锅中烧着的菜里。我大惑不解,母亲总是说:没事,黄头蚂蚁解百毒,祛风寒。

有时候,我们玩蚂蚁还喜欢恶作剧。看到有几只蚂蚁在地上,我们故意在它们周围洒上水,看它们东撞西闯着急的样子,当真可爱。它们一爬到有水的地方,用头上的两个触角先试探下,看过不去,便很快回头,重新再走。我们也用还在燃烧的烟蒂,去拦蚂蚁的去路。

想着从前玩蚂蚁的乐趣,心里记起几日前看过的一篇文字。说的是非洲有一种被人称为"食人蚁"的蚂蚁,所到之处,不要说人和小动物,就连野牛样的动物,也会在瞬间被啃得只剩一堆白骨。忽然心生寒意,幸好我们这里没有这种蚂蚁,不然我们还有这种跟蚂蚁相处的乐趣吗?

鸟兽虫语·067

囤积冬粮的老鼠

我的工作地离家远,每天清早乘公交一小时才到达。快过年时比较忙碌,总觉得有做不完的事。人累点没事,开心就好。

也有让人闹心的事,比方说一只老鼠撕咬开了我盛放货物的袋子,搬走了里面的果子。一次也算了,还三番五次地来偷吃,真的让人无法忍受。

我怀疑自己的智商不及一只老鼠,每次被偷吃还找不到它从哪里来,又去哪里,让我干瞪着一堆果壳无所适从。我觉得这时那只老鼠肯定在嘲笑我,我仿佛看到它那猥琐的笑容,看到它嘴角的几根长毛直直地竖了起来,唇间里露出尖尖的牙。

第一次被偷吃,没多少。它咬破我盛放着香榧的蛇皮袋,进而撕破里面的塑料包装。不知它怎么知道里面有香甜可口的美食,更不知它如何一颗颗偷拿出来。我只看见一堆壳,齐整地堆在货架的搁板上。这让我生气,偷吃了没事,把果壳弄得这么齐整,是明显向我示威,轻视我的智商。

但我无能为力,我找不到它的鼠窝,甚至连偷货的路径都寻不见。

这一次，却让我心疼至极，实在无法忍受。太猖狂了。

它偷了我整整五斤香榧。一个五斤包装袋，破了一个洞，里面空空然，不剩一粒。这次倒是没有一片壳留下，估计不止一只老鼠，而是老鼠家庭全体出动，把香榧搬回了它们的窝。这个冬天，或者这个年，它们过得安逸丰足了。

我四处翻寻，想找出老鼠的窝。可是一切徒劳罢了，根本没有留下痕迹。它们像是经过训练的特种兵，具有反侦察能力，抹去了所有逃跑的线索。

我想象着老鼠窝里，那堆满果实的仓库，老鼠一家子欢庆丰收的场景。它们一定整晚上地运送这些香榧，它们觉得能够获取这么多美味的食物，值得庆贺。可笑的是我居然查不到它们的老窝。看来许多时候，我们不能因为是人类而自豪，因为有时连一只老鼠都不如。

好想念那只被我赶走的野猫。那只野猫来时非常凶猛，连我邻居的那只土狗都怕。它有一种特殊的本领，它知道老鼠出没的方位、路径。它会守候在那里。我只知道有人守株待兔，哪知道还有野猫守路待鼠。在野猫赖在我工作室那段时光，没见一只老鼠，不要说有果实被偷吃、偷走。野猫后来被我赶走，因为它太烦人了。加上它那双让人发怵的眼睛，盯得人发麻。或许它看得出我的虚伪，或者它看到了我身上的某些缺点，总之，它让人不舒服，我实在不喜欢它。

赶走野猫后，邻居的土狗，积极地管起闲事来了。也许它跟野猫一起打闹得多了，学会了捉拿老鼠的一点本事。有时候也会捉到一两只老鼠，还学着捉弄它们，捉了又放，放了又捉。不过土狗不吃老鼠，最后咬死随便一扔了事，让我去处理老鼠的后事，它自顾自地溜达去了。可惜，没多久土狗出了车祸。司机掏出两百块钱，狗肉被主人卖了。

好久不见老鼠家属出来活动打游击了。土狗和野猫不在以后，老鼠们似乎听到对于它们来说的好消息，它们的两个天敌都已经不在，凭直觉我感到它们已经又存在于我的空间。但我依旧看不到老鼠们的身影，也听不到它们的一点动静。它们的行动变得更加隐蔽。

直到我的香榧被盗，我才知道老鼠家属又回来了。我为这么多香榧被偷盗而懊恼，也为找不到老鼠的窝而生气，更为自己的智商不及老鼠而气馁。

一切无能为力，这些匆忙的偷盗者，让人感觉囤积粮食的重要性。这个冬天，收获和喜悦，对老鼠家庭来说值得庆幸和欢乐了。可对我来说虽然心疼，但也无奈。仔细想想最多也就损失了一点财物，犯不着纠结于心。

想通了这样的道理，豁然明白在我们周围，另一些动物也在为自己的生存而努力，为度过这个冬天而劳碌。我看不到它们的劳苦，听不到它们的哭和笑，但我能感觉得到。

猫头鹰

我一直害怕猫头鹰的叫声，尤其是黄昏时分猫头鹰的叫声。

父亲说：猫头雕（猫头鹰）黄昏叫，要死人。那一年隔壁祥叔犯病，在临死前的晚上，猫头雕"呼噜噜，呼噜噜……"叫了一黄昏。第二天凌晨，祥叔家传来了悲哀的哭声。

老家的村庄不大，就几十户人家，每户人家的房子，都是建在山脚边。有一首顺口溜说道：黄土林脚好地方，毛竹梢头环栋梁，只有听见鸟叫响，一天难得见太阳。说是我老家山大沟小，一根毛竹就可以搁住两边山峰，自然很少见到太阳，倒是成了鸟的天堂，成天叽叽喳喳。确实，老家山里有数不清的各色鸟类。麻雀、燕子不要说，以前还有乌鸦、喜鹊、斑鸠、竹鸡，更有许多我们不认识的鸟。这些鸟从清晨欢起，到黄昏落日余晖寂静。唯有猫头鹰白天无声，晚上出来叫得有些瘆人。

初夏，猫头鹰的叫声开始多了起来。每到晚上，当乘凉的人们感觉有些凉意，椅子上、草丛里露水也下来了，人们纷纷收拾乘凉家什回家，不一会儿各家的小木屋里，昏暗的灯光一点一点地熄灭。山野间只有萤火虫还一闪一闪地劳碌着，远处不时传来树蛙"疙瘩，疙瘩……"的叫声，给寂静漆黑的山村增添了不少空旷。这时，猫头鹰出来了，"呼噜噜，呼噜噜……"仿佛是这个晚上的主宰。

我从小就害怕那阴森森的声音，每到这个时候，就早早躲进被窝，捂住耳朵，但那个声音越捂越清晰。后来外婆来我家，说，别怕，猫头鹰是好鸟，专捉老鼠，还说我父亲瞎说，哪有猫头鹰黄昏叫，要死人的道理。想想也是，每次猫头鹰不叫的时候，家里老鼠闹得特欢，让人不得安宁。

有一回，也是外婆在我家。麦子已经收割，油菜籽也已经榨出了新油，只是山上青竹还没削完，劳作了一天的人们休息早了一些。那几个晚上，猫头鹰一直不停地叫，而且感觉特别近。每天早上人们谈论的话题就是，头天晚上猫头鹰的叫声，很奇怪。父亲说，恐怕有事情要发生。外婆不信，说，瞎说。这天傍晚，父母在山上还没回家，外婆去猪圈喂猪。我家猪圈建在屋后山坡上，用毛竹搭成，上面盖些草扇（所谓草扇，就是用两根竹片，拿一把一把干草夹起来，两头扎紧，像一扇门）。天暗了下来，猪圈里更加黑暗。外婆倒了猪饲料后，抬头，忽然发现一对晶亮的猫眼。外婆是个胆大的人，定神仔细一看，原来是一只猫头鹰。外婆也不去惊动它，关了猪圈门就回了家。第二天，外婆特意去看了那里，原来是那猫头鹰生了一窝小鸟。外婆好生喜欢，告诉父母说，这是好兆头。

一个远房老表，不知怎么得到的消息，听说我家猪圈里有一窝猫头鹰。老远跑来跟父亲说，等晚上天黑，把那猫头鹰捉了，送给他，说是做单方的。他老婆有头晕病，看了好多医院，没见好转。据说猫头鹰的肉做单方，很有效果。父亲看是亲戚，推辞不过，留他吃了晚饭，等晚上捉猫头鹰。外婆一听，亲戚是来捉猫头鹰的，说，不行，这猫头鹰刚刚孵育小鸟，怎么能捉了去？再说，你们医院看了那么久都看不好，吃个猫头鹰的肉就会好？在外婆的坚持下，父亲和亲戚终究没有去捉猫头鹰。

  猫头鹰在外婆的关照下，在我家猪圈里安心地生活着。尽管晚上依旧"呼噜噜，呼噜噜"地叫着，但我们不再害怕，倒是盼望着小鸟快点长大。后来，猫头鹰一家飞走了，奇怪的是，我家及附近的老鼠少了不少。

阿　黄

　　阿黄的死犹如一根绳子在我心头打了个结，虽然时间过去十多年，愧疚之情依然不能释怀。

　　阿黄是一条狗，一条迄今为止，我唯一养大的狗。之前没养过，之后也没有养成功过。许多时候人与人之间，感性和理性总存在些许差别，但在我看来，人与动物之间，很少有这些区分。就像我跟阿黄，它能懂得我的眼神，能够捕捉到我身上的每一个细微变化，我的一举一动它都能感知。它熟悉我的所有气息，哪怕还没见到我，只要有我的声音，它都会竖起耳朵倾听。远远地跑来，前爪蹲下，紧跟着后腿也弯曲下去，微仰起头，两只耳朵朝后横竖，整条尾巴摇晃着。它舔着我的裤管，眼睛里放着和善的光，我到哪它跟到哪。每一次回家，它都是用这样的方式，来表达，来迎接。

　　阿黄在很小的时候，便被我从邻居家抓了来，那时还没断奶。母亲一次生了五个崽，它是最后生下来的尾崽，虽生得虎头虎脑，但明显比其他的几个崽要柔弱得多，吃奶时总被兄弟姐妹挤在一边。阿黄的母亲是一条瘦弱的黑狗，怀孕时，主人心疼它，为了让它多产奶，买来许多营养品，甚至还买来猪脚喂它。小狗崽渐渐长大，黑母狗的奶水经常不够，阿黄更加抢不到奶吃。我觉得阿黄好可怜，就把它抓到家里，收养了它。我买来牛奶，开始阿黄不肯吃，经不住饿，还是吃了。阿黄从吃奶到吃粥，再到吃饭，最后能吃肉骨头了，啃得津津有味，但似乎吃不得鸡鸭的骨头，一吃鸡鸭骨头便会卡喉咙，会难受。就像每个人的爱好不同，有人喜欢喝酒，有人喜欢抽烟，有人喜欢吃素，有人喜欢吃荤。阿黄一生喜欢吃猪骨头、牛骨头、羊骨头，就是不喜欢吃鸡鸭骨头。

阿黄熟悉了我家的味道，除了被抓来的第一个晚上，它哭闹了一夜。没过几天，它或许感受到了家的温暖，像个受宠的孩子般嬉戏起来。在我家老房子的泥地上玩耍、打滚，在我的脚后跟屁颠颠地转来转去。其间，它的母亲，那条瘦弱的黑母狗，来过我家几次。它远远地看着阿黄，眼睛里露出柔和的神色。有一回，不知什么原因，阿黄低声呜叫不停。黑母狗站在我家老房子的木头门槛边，看了好久。我们一不留神，母狗居然叼起阿黄就走。阿黄好像并不领它母亲的情，没多久自己跑了回来。我发现阿黄的小脚有点跛，察看了一下，原来被什么东西压了。豁然明白它母亲要叼走它的缘由了，不禁叹息。看来这世上所有的生命，都有一个共性，母爱的伟大不仅仅存在于我们人类当中。

阿黄不喜吠叫，就像有人不喜多言。哪怕隔壁邻居的几只狗，见到生人或者奇怪的事，群吠起来，它也只是竖起耳朵倾听，从不加入其中。也有例外，那天清晨，阿黄在我家老屋后门头，大声吠叫起来。我不知发生了什么，起来推开后门，只见一条大蛇在吞噬着一只大老鼠。阿黄首尾无措，跳来跳去对着蛇鼠大声吠叫，喉咙都叫得变了声。我回身从门旮旯里，拿出一把锄头，要打死蛇。这时住在旁边老屋里的父母也起来，推开他们自己的后门,我母亲不让我打蛇。此刻,大蛇已经吞下了半只老鼠,身体动弹不得。母亲叫父亲拿来畚箕,用锄头勾起大蛇,放进畚箕,提去后山草丛中,放了。阿黄停止吠叫,仰起头一副得意的样子看着我,我摸摸它的头,它眯着眼睛享受着我对它的亲昵。至于母亲的举动,我一直到后来才明白。原来我的属相是蛇,母亲不允许打死大蛇,她害怕我会受到某种神秘的伤害。

阿黄就这样在我家默默地生活着,晚上睡在我家老房子的门槛旁;白天,或替我们守家,或跟着一块去山上、地里,它仿佛是我家里的一员。

要不是那次意外,它会一直陪伴我们。

一个冬天的晌午,天上没有太阳。我们离开家,走了趟远方亲戚家。留下了阿黄看守老屋,在墙角给它留下了一些食物。阿黄没有摇头摆尾,站在门槛边目送我们离开,眼里尽是不舍。

三天以后,回到家中。却不见阿黄跑来低声吠叫,匍匐于脚跟。我们感觉不妙,赶紧问邻居。才知道阿黄在前一天,跑到门口路上眺望,不想被一辆卡车撞到。阿黄努力挣扎着朝老宅方向爬行,想回到家里。无奈伤势过重,终究没有回到它想回的地方,留下一路血迹,死在离老屋不远的路旁。

阿黄的尸体,被好心的邻居捡了,放在我家的门槛边。我看着阿黄僵硬的尸体,眼角还有干涸的泪痕,我的心一阵绞痛。父亲默默地走过来,抱起阿黄的尸体,拿了锄头径直去埋在了一棵柿子树的下面。

后来,我陆陆续续养了好几条狗,但不是小狗夭折,就是狗在刚出生就生病而亡。我索性再也不养狗了,阿黄成了我挥之不去的记忆之痛。

那些蛇的故事

一

因为一个梦,母亲一直对我充满希望,一直觉得我会有出息。据母亲说,在生我的前一个晚上,她做了一个梦,梦见一条金光灿灿的蛇,从我家屋顶冲天而去,第二天便生了我。那一年农历是乙巳年,也即蛇年。我出生在农历三月,刚好是万物苏醒的季节。母亲说,这条蛇有福,正赶上春天。

童年的我无忧无虑,在那个年代,在那个山村。虽说父母日子过得有些艰难,但对我们几兄妹来说,也不是十分清苦,至少能填饱肚子。因为生活贫困,粮食不够,也因为是山区,山里面就有许多野味,比如野鸡、野猪、野羊等,会打猎的人们便在劳动之余,上山打些野味来,充当食物。不会打猎的便会去捉石蛙、青蛙、石斑鱼等。那个时候也不知哪来的那么多的山中野味,总之很多。

我最怕的是看到有人捉来蛇,剥蛇的皮,还一节节砍断了,在屋外用风炉生了炭,上面一大砂锅炖来吃。我老家山里有许多乌梢蛇，也有五步蛇、蝮蛇、赤练蛇，还有青蛇。白蛇确乎没有，不知那白蛇跟许仙的故事是怎么出来的。

虽然没看到过白蛇，但小时候最喜欢听的还是白蛇娘娘跟许仙的故事。我有一舅公，年轻时眼睛就瞎了，因为母亲是他外甥女，他又没后人，就住在我家。舅公讲的白蛇娘娘跟许仙，绘声绘色，凄楚动人，还带些因果报应的色彩。在舅公的故事里，白蛇原是一条可怜的小蛇，许仙是一个卖针线胭脂等小百货的挑货郎。法海是一个见不得别人好的乌龟精，而青蛇起初是个男的。当初，许仙挑着货郎担，走村串户贩卖小百货。那一日在途中看到一条小白蛇，好可爱。时令还有些寒冷，小白蛇被冻得奄奄一息。许仙动了恻隐之心，捡起小白蛇，放入货郎担中，喂它好吃的，给它保暖。后来，在许仙的精心喂养下，白蛇渐渐长大，终于，许仙已经挑不动了，就把她放归野外。最后，白蛇修炼成仙，在要位立仙班时，碰到观音娘娘，说，白蛇还不能成仙，人间大恩未报。于是白蛇重返人间寻找恩人，由此衍生了一段轰轰烈烈的人妖之恋，感动了多少痴男怨女，以至于把西湖，把西湖之上的断桥，视为爱情之圣地了。

因为属蛇，我总对蛇怀有敬意，有好感。每次看到蛇，不论什么蛇，我都不打，把蛇赶走了事。有一回，在我家屋后，一条乌梢蛇趴在那儿一动不动，我大吃一惊，以为是一条死了的蛇。邻居好友看到，马上拿来锄头，要打蛇。我不准，仔细一看，蛇在吞一只大老鼠。在我的坚持下，邻居终究没打死蛇，原来邻居跟我同岁，也属蛇。

直到我考上县里高中，毕业以后又去当兵，母亲一直觉得我出生前，她做的那个梦是准的。母亲说我一定会离开农村，离开那个小山村。可惜母亲走得太早了，如今我真的离开了那个地方，住进了城里。或许冥冥之中，真的应验了母亲的梦。

二

奎叔的死，阿朱婶一直以为跟蛇有关。因为临死前几天，奎叔打死了一条五步蛇。听人说五步蛇能治风湿病，奎叔就把蛇炖了给阿朱婶吃，阿朱婶犯有严重的风湿病。

阿朱婶跟奎叔年纪相差十多岁，老家在山的那一边。当初因为奎叔家里穷，又是在山里，所以很迟才经人介绍认识了阿朱婶。阿朱婶有严重风湿性关节炎，走路都很困难。奎叔说，没事，我喜欢，以后我会养着她，我一定会待她好。

阿朱婶有一个特长，就是做得一手好草鞋。据说在嫁给奎叔时，不要娘家的一点财物，就要娘家的那一张草鞋床（一个做草鞋专用的木头架子）。因为风湿病的缘故，阿朱婶整日坐在草鞋床里做草鞋。一般人家做草鞋，山里人用毛竹笠壳，但阿朱婶觉得太硬，穿久了要磨破脚。在山外人家做草鞋，一般用稻草，穿起来又软又松脚，阿朱婶又认为用稻草做出来的草鞋，不耐穿，容易坏。所以阿朱婶做草鞋，用的是一种特殊的材料，那就是芒花的衣。

开始，奎叔一到芒花开时，就去山上割芒花。那芒花漫山遍野都是，开花时像一杆杆古时候军队的旗帜，在风中猎猎作响。那些芒草的叶片，却有些厉害，边上全是细小的锯齿。据说鲁班发明锯，就是根据芒草叶片要割破皮肤，而得到启发。大约奎叔一生在山上劳作，皮肤有些苍老，从来没被芒草的叶片割破过。

他总是每天在长满芒草的山坡上，割来芒花，然后用芒草叶捆着，一担担地挑到家里。开心时唱着一些人人会哼的越剧段子，待到得家门口，放下芒花。这时阿朱婶也会艰难地跨出门槛，笑着说，什么事这么开心？还唱得这么响。然后夫妻俩剥去芒花，剩下芒花衣，齐齐整整地把芒花衣晒在家门口。过个一两天，这些芒花衣又变成了一双双精美的草鞋。

由于阿朱婶的草鞋松软合脚又价格便宜，没多久，在老家一带山里出了名。很多人来买，还有早早来定做的。有一回，一个阿朱婶老家的远亲，来买草鞋，说他们那里现在流行一种家庭种植的芒草，叶片宽大，芒花又粗又长，而且很软，那叶片也不会割破皮肤。可惜他们那里做草鞋的人，技术像阿朱婶这样好的没有。说者无心，听者有意。第二天，阿朱婶便让奎叔去他们那儿弄来了芒花篰头，在自家自留地里，全部种上了芒花草。

种植的芒花果然不同，后来阿朱婶的草鞋在老家供不应求。有许多妇女都来向她学习，还问她家要芒花篰头，阿朱婶总是毫无保留地传给她们。

那一年初冬，奎叔在芒花地里发现了一条五步蛇。也是奇怪，那五步蛇发现有人竟然一动不动。奎叔几下就打死了蛇，因为他听人说过，吃了五步蛇对风湿病效果很好。想想阿朱婶那双经常痛得死去活来的脚，奎叔就把打死的蛇拿回家炖了。谁想到，没过几天奎叔竟然离去。

阿朱婶懊悔不已，说，早知道这样，她宁死也不要吃五步蛇的肉，还说奎叔是用自己的命来医治她的病啊！原来奎叔也是属蛇的。

三

母亲自从那一回被蛇咬以后,见到蛇就会发抖。俗话说:一朝被蛇咬,十年怕井绳,此话不假。母亲就是这样,以至于后来看见绳子都以为是蛇。

母亲是在家门口被蛇咬的,按理说家门口不会有蛇。每天有人进进出出的,那蛇也是怕人的呀。可惜我家是在山坡边上,有些东西不按常理推测。有一回,我家邻居楼梯底下盘着一条大蛇,直把邻居嫂子吓个半死。

其实在我老家,蛇进入人们家里不足为怪。尤其是在春夏之交的黄梅天,闷热潮湿是这个季节的特点。这时人们常说,蛇虫八脚纷纷出洞,或许它们也感觉烦闷,也要出来透透气。对于其他虫子进屋,人们看到直接打死,而对于蛇,人们一般会不同对待。老人们说,进屋的蛇是财神,不能打,要用好东西请它出门。对门三叔家里,有一个晚上一条菜花蛇不知怎么地缠绕到了梁上。本来三叔想打死蛇,可他老婆说不能打。听说三叔家梁上有蛇,我们都去看。这时三叔老婆用一小碗盛了米,还拿来一些茶叶,放在离蛇不远的地方,又熄了灯。大概过了两个小时,那蛇果然不见,不过那米跟茶叶却一点没少,依然还在。

母亲被蛇咬,是在一个闷热的傍晚。也不知什么蛇,据父亲讲是一条不大的灰不溜秋的蛇。可那蛇逃得很快,一眨眼不见,应该是逃进墙洞里去了。老家的房子几乎都是用石头砌起来的,自然有许多墙洞。即使造房子的时候没有,但天长日久,风吹雨晒,慢慢地也就有了墙洞。母亲被蛇咬以后,幸好表叔儿子懂一些中草药，马上上山采来草药，用唾液搅拌捣碎，敷在被咬之处。毒性终于被控制，没有发作。

后来母亲医好了被蛇咬的伤，但还是落下病根，一双脚走起路来，终究不便。不过能够达到这样效果，也算不错了，毕竟老家有些偏远。

虽然母亲吃了被蛇咬的苦头，但母亲对蛇恨不起来，尽管有些怕蛇。在那以后的许多日子里，母亲看到蛇，就用发抖的身子，拿一些棍棒把蛇赶走。有人不解，母亲说，我家有两条蛇啊！是啊！父亲和我都是属蛇的。

Chapter
3

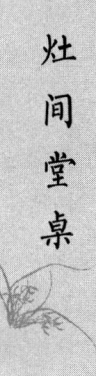

灶间堂桌

栀子花是一道菜

一向不喜栀子花那浓烈的香味,特别是在五月这个又闷又热的懊恼季节,觉得它的香味过于重,给人以烦躁之感。但我又喜欢栀子花那洁白素雅的神态,一朵朵在葱绿之中,富丽堂皇地开放着。记得宋代诗人杨万里是这样写栀子花的:"树恰人来短,花将雪样年。孤姿妍外净,幽馥暑中寒。有朵篸瓶子,无风忽鼻端。如何山谷老,只为赋山矾。"在诗人看来,那如雪样的花,孤傲干净无风飘香,自然另一番情景。

栀子花在乡下其实算不得一种名花,在每一个普通村落里经常有看到。房前屋后,田坎地边,山上缓坡或者溪流边,随处可见那一簇簇绿叶繁茂的柴草之中,开着朵朵白花。以前只知道有两种栀子花,其中一种是家养的栀子花,比较茂盛,叶片宽大,花也硕大肥厚,香气浓烈。每到栀子花开时,女人们个个心花怒放。采来戴发间,用发夹或者皮筋扎住,便在村里邻居间走动,一阵阵的香气飘散在整个村子里。也有孩子看到开放的花朵被摘去,就去摘一些还没开放,但花苞有些发白,看起来将要开放的栀子花,拿来放到自家屋里,用一只碗放些水浸泡起来。第二天，泡在水里的栀子花便一朵朵地开在碗口，香气弥漫屋子。也有些人家没有种植栀子花，这些女人就会去向别人讨要，被讨要的人家，往往很大方地给予。有的女主人看到自家栀子花多，主动摘些送给没有的人家，自然得到笑脸相迎。

老家最多的是山栀子花，在村后的每一个山坡上，都有栀子花。因为花谢以后会结一种黄黄的果，所以被称为黄山栀。黄山栀花，没有家养栀子花那么硕大，花瓣也没有家养的肥厚，香味自然不太浓烈了。黄山栀花只是安静地开在山上，清秀的身影，单薄的叶片，花蕊细长，花瓣稀疏，宛若纯洁村姑般清丽不俗。黄山栀花的香味清幽淡然，更像兰香，或者梅香，相对于家养的栀子花，它的香味更惹人喜欢，惹人怜爱。

说来好笑，看惯了栀子花，竟然不知栀子花还可以做美味佳肴。在建德、兰溪一带，黄山栀花被当作一道特色菜肴用来招待客人。五月，山栀子花开的时节，山坡、路旁、松林下、岩石边，一丛丛乳白色的栀子花争相吐艳，整个山地林间弥漫着特有的香气。山栀子花花蕊金黄，花瓣明亮有光泽，如温玉一般。刘禹锡诗云："色疑琼树香，香似玉京来。"看着这满山的玉脂样的花朵，怎不让人心动？于是人们纷纷上山采摘，不知何时起，栀子花成了一道时令鲜菜。

栀子花菜的特色是香、韧、滑。没吃过栀子花菜的人绝对想不到，这么美妙的食物竟然是栀子花。栀子花配上肉丝、蒜末、辣椒，出锅时乳白青红相间，色泽亮丽，香气扑鼻。咬之韧滑，闻之清香，食之美味。过饭下酒食欲大增。据说栀子花的果是上等的药材，它的根炖鸡鸭又是另一道美味。

栀子花，看来全身是宝。

芥菜芯

我喜欢吃芥菜的芯。母亲不喜欢,说有些苦。父亲说,那不是菜苦,那是你的命苦。

说实在的,母亲的命真的有些苦。自从嫁给父亲,一生都没过上好的生活。父亲是个实在人,只知道埋头在地里、田头,摆弄着那几分薄地,从来不知道怎么样去赚钱。不过他种的庄稼比村里任何一个人都要好。母亲从没有怨言,只有自己在家里多养几只鸡,几头猪什么的,补贴家里。一家人也没什么奢求,就这样也挺不错。

父亲的自留地里,总是长着郁郁葱葱的蔬菜。一年四季,不会间断,很惹人羡慕。他把自己的土地,经营得有些过分整洁,甚至看不到一根杂草。偌大的一个菜园子,边上用毛竹片编成篱笆,然后开个小门,方便进出,让人看上去像个漂亮的庄园。菜园子在我家老屋旁边,母亲总是在快要做饭时,打开篱笆门,拿着一只竹篮、一把菜刀,进得园门,摘来蔬菜,所以我家的蔬菜可以说最有新鲜的味道。

春天在每一年正月刚过,就会慢慢来到。到农历二月初时,便到了惊蛰。这时，所有的叶子蔬菜几乎都要抽芯、开花。我家菜园子里，那些菠菜、芹菜、青菜、油菜、芥菜以及萝卜菜，齐齐地一下子长高，抽出了长长的菜芯，等待着开花。最让人喜欢的是那些宽大叶子的芥菜，不知为什么我们从来不吃芥菜的叶，只有成熟时割来腌腌菜，吃不完的腌菜，再拿去晒成干菜，芥菜晒成的干菜有一种与众不同的香味。因为平时我们不吃芥菜的叶，所以菜园子里的芥菜长得比其他蔬菜更茂盛，抽出的芯更粗、更嫩。父亲说，芥菜好收割了，趁着叶子嫩，腌出来的腌菜才鲜，这样的腌菜拿去太阳底下晒，晒成的干菜才香。于是父母带着我们去菜园子里，一起收割芥菜。

忘记了什么时候起，我开始喜欢让母亲拿芥菜的芯炒来吃。总之我很喜欢吃，我喜欢那种带着嫩茎又有叶子，咬在嘴里软软的味道，那种有些苦苦的味道，那种有着泥土气息的新鲜味道。哥哥跟妹妹不喜欢吃，也是由于苦的缘故。父亲嘴巴说好吃，但我看得出其实也不怎么爱吃。但因为我喜欢，母亲在每次收割芥菜时，会特意弄下那些芥菜的芯，还挑那些粗壮的鲜嫩的芥菜芯，多弄些存放起来，以便让我多吃几餐。母亲说，吃得起苦的人，以后的命会好，会有出息。

喜欢吃芥菜芯的习惯，我一直到现在还保存。在后来离开家的日子，每当春天来临，看到百草发芽，蔬菜抽芯，我就想起芥菜芯，想起母亲，想起我家老屋边的菜园子。这时，我会借故经常回家，父母知道我喜欢芥菜芯，会特意多种些芥菜，等我回家时烧给我吃。每次看到我吃得津津有味，他们的脸上就露出开心的神色。待我离开时，用塑料袋装上一大把，让我带回。母亲还是那句老话：吃得起苦的人，以后的命会好，会有出息。

父母去世以后，我很少吃芥菜芯了。或许生活环境改变的缘故，使我已经不可能再像以前一样，有那种淳朴的乡村生活了。几日前，爱人偶然在菜场买回一把芥菜芯，一下子勾起了我的欲望和回忆。现在母亲走了，但母亲的话语却在我脑海挥之不去：吃得起苦的人，以后命会好，会有出息。

蒸茄子

秋天了,许多庄稼似乎都已经成熟,在结了果实以后,枝干和绿叶便慢慢枯萎。我家屋后菜园子里的茄子却依然葱郁,没有一丝衰败的迹象。花还是开得茂盛,果实在花蒂处一点一点无知无觉地生长。

我的父亲钟爱茄子和辣椒,总在自家菜园子里种植许多辣椒跟茄子,每一年茄子好像都比辣椒种得多。父亲说,茄子跟辣椒贱,好种。记忆中这些辣椒跟茄子,父亲从来不施农药,在夏日那些辣苏虫肆虐时,父亲会亲手去抓虫子,然后弄死它们。辣苏虫,红色的脑袋,黑色的身子,会飞,头上两根长长的须。我很怕这些虫子,它们在茄子跟辣椒的叶片上爬来爬去,慢悠悠地吃着这些叶子。父亲每日里收工回家,就去菜园,抓这些可恶的虫。父亲种植茄子跟辣椒,貌似不用肥料,在这些茄子跟辣椒成活以后,就慢慢地在根部铺上割来的草,等它腐烂,再去割来铺上,等腐烂又铺上。茄子跟辣椒在这些腐草的滋养下慢慢成长,直到开花结果,果实一批接着一批,从不间断,一直到初冬。

我喜欢嫩辣椒跟茄子炒在一起吃,喜欢那种青色跟紫色搭配在一起的感觉，喜欢有些微辣和柔软的味道。几乎在每一个夏季，我家餐桌上的茄子和辣椒必不可少。母亲变着花样，翻新着茄子和辣椒的不同烧法，或混合着炒，或单独地炒，或油焖，或清蒸。我最喜欢的是蒸茄子，辣椒似乎不能蒸着吃。蒸茄子简单清爽，无须太多调料太多程序。

我家的厨灶间有些灰暗，两只大铁锅并排在用泥土和砖块垒砌成的灶台上。铁锅中间是竖排着的两只汤锅，汤锅比较小，只有钵头样大，用来烧开水。里面的大铁锅大约直径有二尺八的样子，是烧猪食料和煮野草的，逢年过节时也用来蒸煮馒头米果，外面的铁锅才是煮饭烧菜的。母亲因为要出去干活，每次总是快要到吃饭时间了，才急匆匆地回家，生火，烧菜，做饭。因为父亲柴火准备得好，一会儿工夫，灶膛内烈火旺盛。厨灶间慢慢白雾袅袅，母亲忙碌的身影瞬间定格。

我总是不能忘记那种味道，那种家的味道，那种热乎乎的温馨，那种软软的蒸茄子的味道。母亲在回家做饭时，第一时间就去屋后菜园子，摘来新鲜蔬菜，茄子是必不可少的东西。因为时间紧，母亲几乎不炒茄子，就洗一下，在放好米跟水的铁锅上，搁一架子（我们称为饭架），然后把洗干净的茄子放上，再盖上锅盖。

母亲坐在灶膛前，噼里啪啦地烧着干燥的柴火。随着灶膛里烈火熊熊，我看到母亲脸上泛着慈爱的光芒，那份亲切，那份满足，我至今不忘。在印象中母亲似乎从来没有抱怨，经常脸上挂着微笑，辛勤地劳作。

终于，厨房内雾气弥漫，暖意浓浓。母亲熄了灶膛内的火，起身站到灶面前，伸手掀开锅盖。一股热气腾空而起，母亲对着大铁锅吹几口气，热雾慢慢散去。母亲弯腰在身后的架橱里拿出一只大盘子，又从挂在墙上的筷竹筒里抽出一双筷子，麻利地从饭架上夹起几根蒸软了的茄子，放进大盘子里。

美味似乎已经完成，但我知道这还远远不够。母亲用筷子在大盘里不断搅动，蒸软的茄子在母亲的筷子搅拌下变烂变糊，然后母亲拿出珍藏的猪油，拿筷子挑了少许拌在茄子里，又倒入些许酱油，最后母亲不知从哪里变出了一些切好的胡葱，这下那一大盘蒸茄子，确是一道名副其实的美味佳肴了。

俗话说：天怕黄胖饭怕鲞，意思是说黄胖天要下雨，饭遇到鲞，人的胃口就大开。我觉得蒸茄子跟鲞有得一比，和着这柔软而爽口的茄子，我能吃得下好几碗饭。这时的母亲会开心地看着我们稀里哗啦地用筷子把饭扒进嘴里，一边说着：吃慢点！吃慢点！

好久了，好久没有这种味道了。前几天在我家楼下请人吃饭，点菜时看到茄子，问老板怎么烧，老板说你们想怎么吃？我说：要不蒸着吃？客人都说好，有创意！其实他们何尝知道，我看到了这些茄子，不知怎么地想起了我的老家，我的父母，想起了那种亲情的味道，想起了那些远去的家乡味道，包括蒸茄子。

酒酿馒头七月半

"大旱不过七月半。"父亲唠叨着,抬头看看天,天上没一丝云。时令快要立秋了,天已经好久没下雨。再几天就是七月半,父亲相信谚语一定会应验。

母亲在家门口的道地上,一遍又一遍地翻晒着竹匾里用来做甜酒酿的白药。白药是几日前,用新采来的辣蓼花做的。七月半快到了,家乡人有个习惯,每家都要做一些酒酿馒头。于是女人们早几天,就要做好酿酒娘的白药,然后准备好糯米。再磨好做馒头的面粉,面粉也是用自家田里种出来的小麦磨的。

七月半,终于到了。谚语也应验了,雨终究下了起来。不过夏雨隔田绳,这雨虽下得猛,但来去匆匆,一下子就过去了。由于几场雨,天气凉爽了一些,人也舒服了许多。

七月半的前一天,邻舍隔壁的女人们最忙碌。由于每一家都要做一些馒头,所以她们轮流着,一家一家地做。这时男人们也不闲着,忙着准备蒸馒头的柴火,洗蒸笼,摘来芭蕉叶或者荷叶。芭蕉叶或者荷叶是用来垫在蒸笼里,放做好的生馒头的,以便蒸熟时不会粘蒸笼。女人们一边尝着甜酒酿的味道,一边弄面粉，嘴里还不时地说着东家长西家短。等快做完馒头时，小孩子们会缠着女人们，让她们给做面花篮，孩子们往往会得到满足。这时手巧的女人就卖弄起来，面花篮做得很精致、很漂亮，然后跟馒头一起上灶。灶间里火旺了起来，女人们就转到另一家去了。剩下的是男人们在灶间烧火，一直到馒头蒸熟。

七月半，其实跟清明、冬至一样，是一个祭奠先人的节日。虽说没有清明、冬至那般凝重，老家人还是很重视的。在外工作的人一般都要回家，一来看看父母，二来祭拜先人，因此七月半其实很热闹。

这一天，男人们早早起来，家里家外打扫干净。女人要出去买些好菜，出门时吩咐男人，去鸡舍抓几只刚开算（方言，指已经可以宰杀的鸡）的雄鸡，杀了。注意不要抓母鸡，母鸡要留着下蛋。整个上午，最亮丽的风景是，村里小溪中都是男人在洗宰好的鸡。女人回来了，又买来了鱼和肉。也有一样是不可少的，那就是豆腐。

中午时分，菜烧好了，饭也已经煮熟。家人们早已到家，于是便开始中饭。但饭前必须要做一件事，请阿太，也就是祭拜死去的先人。在堂前里对着大门，摆好桌子，凳子摆在三个方位，前面不摆凳子。桌上放四五个菜，豆腐跟馒头必不可少，条件好一点的人家还摆几样水果。然后点亮桌上前方的蜡烛，长辈们叫着一些先人的名字，让他们随便吃，吃好了还有纸钱。又在桌旁烧一些纸钱，等烧好了纸钱，再点着香，说些让阿太保佑之类的话语。也让孩子们点着香，跟着说。一切做完了，就送走阿太们。吹灭蜡烛，移开桌子凳子，重新摆过，一家人开始吃饭。

有些人家，也不一定在中午请阿太，也有晚上的，根据自家情况而定。

　　七月半，印象最深的还是酒酿馒头。由于做得比较多，一下子吃不完。于是在过完了七月半这一天以后，人们就把馒头拿来烘干。人们用破铁锅，放入木炭生上火，上面搁一铁丝罩。把馒头切成薄薄的一片片，放在铁丝罩里，慢慢地烘成金黄色。一片片的馒头干，色泽亮丽，香气袭人。小孩子的面花篮，也被烘成硬邦邦的。爱炫耀的孩子，拿一根带子，穿起来，挂在头颈里，恰像一把金锁。

　　七月半，虽说是亡魂的节日，但我内心还是有许多期盼。虽说如今白面馒头、甜酒酿等，处处有卖，但总是比不上那种原来的味道，人们也很少会去念叨"阿太保佑"了。

豆腐羹

豆腐羹，我们富阳人叫沃豆腐。是用一些淀粉加佐料，在烧开的水里糊起来的汤羹。一直以为豆腐羹上不了台面，诸暨人却偏偏让它上席，还冠名曰：西施豆腐，挺好听的一个名字。大概是美女西施出在诸暨的缘故吧！诸暨人把好多地方和物事都取名跟西施有关。这不，豆腐羹本来就是一碗名不见经传的菜肴而已，在诸暨人眼里，仿佛是他们心中的女神般美丽，让人垂涎。

豆腐羹，其实是一碗最普通不过的菜肴。弄一些番薯淀粉，加上佐料，用烧开的水糊起来就行。不过，佐料却很有讲究，一般用一些油豆腐碎末、肉末、菜梗末等。至于稀稠，那得看烧的人和吃的人胃口了。我是喜欢稀一些，太稠了没有味道。

老家人做沃豆腐，佐料用得比较丰富，有油豆腐、肉末、香菇，还有冬笋。喜欢吃油渣的更要在盛沃豆腐时，抓一把新鲜油渣撒在碗上，最好是刚熬出来的，咬在嘴里还发烫的油渣。这样的沃豆腐味道香得没的说。在冬日里，搓着冻僵了的手，呵着嘴巴里的热气，端上一碗热乎乎、香喷喷的沃豆腐，呼噜呼噜地吃起来，那种舒心甭提了。

富阳常绿人似乎对沃豆腐更加情有独钟。他们总是喜欢在沃豆腐前面加上常绿两个字，也难怪他们，沃豆腐本来也算是常绿的特色美食。富阳城里有好几处沃豆腐店，都取名常绿沃豆腐。像周家弄里，有一爿常绿沃豆腐饭店，那里的招牌菜就是沃豆腐。跟朋友去吃了几回，那沃豆腐味道确实不错。

曾经去江山游玩，游了江郎山和戴笠故居等几个算不了名胜的景点以后，去饭店品尝美食，也是一个不错的选择。我最喜欢的还是豆腐羹，不知江山人叫什么名称。不过那里的豆腐羹似乎跟富阳的不同，好像稀薄了许多。佐料倒也差不多，无非是豆腐、笋丝、香菇之类。那勾芡却不像是番薯淀粉，问之，老板神秘一笑，说，那是用葛藤淀粉做的。早就听说葛藤不错，用它的汁水，据说可以做饮料，有生津降火的功效。用来做豆腐羹却还是第一次听到，也是第一次吃到，不免好奇。老板带我们走到门口，指着不远处几个在劳作的乡民，说，他们就在制作葛藤淀粉。忽然想起，刚才经过那里时，看到的一捆捆像什么树根样的东西。旁边几个乡民，有的在洗，有的用榔头在敲烂，还有几个妇女在一个大桶里捣鼓。敢情是在用葛藤根生产淀粉。怪不得这豆腐羹，味道不一样的好吃。

说起葛藤淀粉做豆腐羹，我倒记得老家有人，用另外一种植物的根，也可以生产淀粉，那个淀粉用来做豆腐羹，味道又不一样。那就是我们叫作郎几毛（蕨菜）的植物，老家人把它的根叫作"乌龙根"。由于山上这种植物太多，空闲一点的人，便去山上挖来乌龙根。回家洗净晾干，再拿榔头把它一根根敲碎，然后用粗布做成的袋子，装起来。在一个大桶里洗，一会儿拿出，放在一个搁在大桶上的架子上挤。挤干了，又放到桶里洗，如此这般好几回。看实在没有什么好挤了，就倒出袋子里的渣。待过几个小时，桶里的水清了，说明淀粉都已经沉淀。倒出桶里的水，用铲子撬起结了块的淀粉。这个乌龙淀粉，确实是好货。一般人基本上没吃过，也吃不到。

　　豆腐羹，在诗人立波先生老家，还有另外一个好听的名字，叫"胡辣羹"。说起来好笑，有一次去立波先生老家，立波先生执意要请我们吃一回他老家的名羹，说他老家的"胡辣羹"味道独特。我们一听"胡辣羹"这名字，嘴里不由得咽起了口水。可是跟着他走遍了他老家镇上的几乎所有美食街道小巷，就是找不到做"胡辣羹"的店或者摊。立波先生也觉得很奇怪，只能嘀咕着：怎么会这样？难道没人做了？看着他那不好意思的样子，我们也只能说着一些没关系之类的话。但吃不到那特有的"胡辣羹"，心里总是有些遗憾。

　　我经常跟人开玩笑说，吃豆腐羹不怕人多。有一回，一朋友叫我们去他家吃豆腐羹。本来说好了就两三个人，朋友爱人准备了食材。可到快要烧好时，朋友接了一个电话，说，又有几个人过来吃。朋友爱人一愣，面色有些阴沉。我却站起来哈哈一笑，说，我教你个法子。在她耳边嘀咕几句，朋友爱人大喜。终于不怕来的人多，还说，再来几个也无妨。原来，我教她的法子是：在快要烧好的锅里，多加一些水，大不了豆腐羹稀一点。

臭豆腐

父亲生前钟爱臭豆腐。每每劳动回家,看到桌上放有臭豆腐,眼里会发出光来,也顾不得洗手,伸出手掌用食指和拇指夹起一块,送往嘴里。母亲责骂:也不洗个手。父亲说:不干不净,吃了没病。

父亲还有一个偏好,喜欢用臭豆腐、霉菜梗(一种地方特色菜肴),还有霉腐乳,烧成一盘菜,美其名:三臭。确实很鲜,味道特别。烧这菜很简单,先在盘里放好臭豆腐,再在上面加上霉菜梗,然后用一小块绍兴霉腐乳,置于盘中,倒一些腐乳的汤,在饭镬上蒸即可。等到饭熟时,菜也好了。这时父亲很得意,一碗老酒,就着"三臭",那副神态好似做了神仙一样,美得不得了。

小时候,以为臭豆腐只有老家特有。心想这么臭的东西,别的地方人或者城里人肯吃吗?后来才明白,臭豆腐全国许多地方都有。有一回看汪曾祺散文,居然好几篇文章中皆有提到。其中在《豆腐》一文中说:"臭豆腐是中国人的一大发明,我在上海、武汉都吃过。长沙火宫殿的臭豆腐毛泽东年轻时常去吃。后来回长沙,又特意去吃了一次,说了一句话:'火宫殿的臭豆腐还是好吃。'这就成了'最高指示',写在照壁上。火宫殿的臭豆腐遂成全国第一。"

本地的臭豆腐,我只知道永昌的油炸臭豆腐。青紫的色泽上被油炸得微微金黄色,然后用一根竹签串起来,一串好几块。龙门也有,铺满鹅卵石的老街上,处处可以看到,旁边旧屋里,摆着一张方桌,上面一边是油炸面筋,一边是油炸臭豆腐。

臭豆腐不用油炸,也可以生吃。记得读小学时,母亲有一结拜姐妹,龙门人,名唤满珍,我们称她满珍阿姨。满珍阿姨有眼疾,不能去生产队干活,因此就弄些豆制品卖。每天挑着篓子,从龙门出发,边走边卖。臭豆腐大约两分钱一块,另外的就不知道了。卖到我们村子时,基本上是下午点心过后,差不多学校要放学了。这时我们经常碰到满珍阿姨,每次她都会拿出臭豆腐来给我们吃。往往因为舍不得,就拿回家,高兴地在母亲面前炫耀。母亲却一点也不高兴,嘴里说着:一块臭豆腐要两分钱啊,这个满珍……

住到富阳以后,离家较近的开源路上,有很多烧烤店和烧烤摊。也有臭豆腐卖,用竹签串着很小的七八块。在油里炸一下,撒上胡椒粉,还有香料。不过那个味道自然乏了许多。

吃牛记

有朋友嚷嚷着说想吃牛蹄，可一直没好的机会。也不知哪来的巧合，前几天居然有人帮着从江西带来了几副牛蹄。便拿去隔壁饭店，求老板帮忙，并赶紧掏出手机约好朋友一起前来品尝。

等朋友到时，老板早已烧好牛蹄。朋友们围桌而坐，老板娘免不了泡茶倒水，朋友们自然客气一番。没多久，一大盘金黄剔透香气扑鼻的红烧牛蹄端了上来。朋友们本来就冲着牛蹄来的，如今那诱人的美食就在眼前，各人就像见到亲娘似的，眼珠子都快瞪出来了。再也顾不得礼仪，全部放下了平常优雅清高的姿态，手嘴并用地撕咬起来。

看着朋友们那种陶醉于美食的样子，心里忽然想起龙门过九月初一的光景。以前龙门每年都要过九月初一，随着节日的临近，人们便早早地准备过节的事项，最主要的当然是准备菜肴。由于名声在外，节日里四方八邻的客人都要来，认识的不认识的，亲戚的亲戚，朋友的朋友。亲带亲，友带友，客带客，大家都图个热闹，吃个味道，而且大多数的人是冲着有丰盛的牛肉吃而来，所以过一个九月初一，整个龙门不知要吃掉多少头牛。

姑妈家也在龙门，姑父是个牛贩子，也干些宰牛的行当。于是节日的前几天，姑妈就早早地会来叫去过节，还很热情地说：一定要多请些客人一起来。家人自然笑着回话，客气地送走姑妈，也会送上一些笋干之类的东西。节日那天便会叫上亲戚朋友一起，带着一丝让人羡慕而又自豪的神色，兴致勃勃地来到龙门。姑妈家是在一个很老的台门里，这天总是打扫得干干净净，厅堂里摆着好几张桌子，看得出来来的客人很多。由于姑父是个宰牛的，厨房里全是牛肉，牛骨，牛蹄，牛头，牛尾，还有牛的五脏六腑。表姐表妹们忙碌着，切的切，烧的烧。姑父这时是没空陪客人的，只有姑妈满面笑容，招呼着跟客人说着话。吃饭时姑父会回家，人们很热情地跟他打招呼，他也大声地叫客人们吃好喝足。

整个节日有三天时间，客人里有一个人很特别，他就是父亲，因为他从不吃牛肉，更不要说牛的五脏六腑了。他说来龙门是看个热闹，姑妈也就另外弄几个菜给他吃。问缘由，他说：牛，苦啊！每每这时我幼小的心里就会隐隐难受，想想也是，耕耘了一生的牛，最后落得这等下场，但又想，也许被吃掉的牛是不耕地的。

姑父很不在意父亲的慈悲心肠，依旧是大块地吃肉，大口地喝酒。父亲和姑父就像是一对冤家，父亲一辈子养牛犁地，对牛特别有感情，总以为牛为人辛勤了一辈子，人总得有点良心；而姑父却觉得，牛天生就是为人而生的，辛勤劳作是它的命，最后贡献自己作为人的美食也是命。有一回父亲养的犁了一辈子地的黄牛老了，再也犁不动地了，父亲依旧不离不弃，起早落夜地照顾它，自己却生起了病。无奈之下母亲叫来了姑父，跟父亲商量

灶间堂桌 · 101

把老黄牛杀了卖几个钱。父亲看着老黄牛渐渐老去，而自己又生起了病无力照看，便长叹一声，第二天去了新登表哥家，一直住了好几天。去前嘱咐几个孩子，姑父杀牛时不要去看，还叫母亲让姑父杀牛时，蒙住牛的眼睛，捂住牛的嘴。说是恐怕杀牛时牛的惨叫声会惊动天，如果让老天看到老牛的眼泪，人会遭到报应。孩子们却没一个听从父亲的话，但母亲还是叫人蒙住了老黄牛的双眼，捂住了老黄牛的嘴巴，还在旁边烧了一堆黄纸，祈求老天原谅。在姑父看来，杀牛似乎也是一种乐趣，放血，剥皮，拆骨，割肉，手脚麻利干净利落，仿佛在完成一件杰作。直到上高中读到《庖丁解牛》这篇课文才知道什么叫游刃有余，姑父简直就是一个现代庖丁。

  姑父几年前去世了，是患胃癌走的。临走前对父亲说老是做梦，看到许多牛吃着草奔跑着。父亲摇头叹息，说如今牛也不耕地了，既然觉得牛肉好吃又营养丰富，那也不妨吃吧，牛就是为人而生的，这是牛的命。

  这时，一大盘红烧牛蹄已经被朋友们扫荡完毕。我心里突然涌出了两句先生名言：我吃的是草，挤出来的是牛奶和血；横眉冷对千夫指，俯首甘为孺子牛。也许，这是牛的写照吧。

土烧酒

我对阿根老头最佩服的是，他会烧土烧酒。阿根老头是个结巴，一句话要讲半天，让听的人很累。按辈分来说，我要叫他爷爷，在村里是"定"字辈，我父亲是"其"字辈（"定"字辈要比"其"字辈长一辈），也算是我长辈了。可我好像从来没当他是长辈过，不知为啥，总有些说不出的东西，让我有些不喜欢。

不过他的烧酒确实烧得好，醇厚，清香，润喉，不上头。在他手里似乎什么东西，都能烧出好酒。番薯可以烧番薯烧酒，玉米可以烧六谷（玉米）烧酒，芦稷（高粱）可以烧芦稷烧酒，甚至一些野果，或者野草藤根也能烧出酒来，比方说，有一种野藤刺，叫金刚刺的根，就能烧出好酒，取名叫金刚烧，据说是上等的好酒，只有最尊贵的客人来时，才取出来招待。我只是听说过，没喝过这酒，但我看到过父亲上山，挖过金刚刺的篰头，像个疙里疙瘩的萝卜，很硬，还带刺。

我最喜欢看的是阿根老头做的白药，圆圆的像一个个乒乓球样大小的球，又有些扁状。常看到他家门口一匾（用竹篾编制的一种用来晒东西的物件）一匾地晒，白花花的刺人眼。那白药其实是酒曲，用山上的辣蓼花做成。村里山坡上到处是辣蓼花，开花时一片一片的，很好看。有些粉红，有些青葱，又有些壮观。还有一种细小的植物，开着细细的紫色花朵，我叫不上名字，父亲说，叫白药花，也可以做白药，估计父亲也叫不上名字。因为可以做白药，也得到了村里人们的喜欢，房前屋后都欢快地生长着这种植物。

白药晒干了，阿根老头就把它藏起来，等秋天。秋天往往来得缓慢，一些嗜酒的人，早就眼巴巴地盼望着庄稼早些成熟。他们才不管这个冬季怎么过，只要有酒就好。女人们有些心疼粮食，哪怕是一点番薯、玉米或者芦稷，在她们看来这些粮食是整个冬天的温暖。不过，既然男人们要烧点酒喝喝，那也是无可厚非，毕竟家里男人为主。有些聪明的女人，会催促男人一起上山采野果，或者挖野草根来烧酒，这样就不用拿粮食来烧。

我见得最多的是番薯烧酒，芦稷烧也比较多。芦稷这植物，在村里种得也多，成熟时整片整片仰着高昂的头，灿烂地冲天而笑。有一种芦稷，我们叫作糖秆芦稷，好像不吃果实，就吃它的秆。那时很少有甘蔗，我们把它当甘蔗来咬，只是没甘蔗甜。芦稷的果实，我们有时候弄来蒸着吃，糯糯的有些韧，嚼起来蛮有味道。也可以打年糕，芦稷年糕跟糯米年糕一样好吃，只是有些棕红色。不过芦稷烧酒，味道更好，比番薯烧酒更纯，更香，口感更清爽。

记忆中，好像村里似乎每户人家都要烧一点酒。这时的阿根老头成了最吃香的人，他的结巴好像也不怎么让人觉得听着累了。终日里一家一家地轮着烧酒，吃饭，抽烟。轮到哪家烧酒时，这家屋里总是最热闹，酒鬼们聚在一起，品尝，闲话，说传。也不需要什么过酒的菜，随便弄几粒花生、蚕豆，或者油炒黄豆，悠闲起米。

阿根老头有个规矩，每家每次烧酒，第一口出来的酒是万万不能让人喝的。他总是用一只小碗，非常小心地接起来，然后摆放到这家人家堂前里的桌子上，再划一根洋火，把它点燃。看着这第一口酒，随着洋火的点燃，在碗里霎时冒出蓝莹莹的火光，那些酒鬼们吞着喉咙里的口水，心里暗叫可惜。但阿根老头始终不为所动，说，第一口酒当然要给酒神喝。

后来，阿根老头老去，村里也没人接过这门技艺。再后来村里再也没有土烧酒，不过人们偶尔在喝酒时，还会记得阿根老头，还会记得那醇厚的土烧酒。也有些时候有人突然会冒出"金刚烧"三个字，可惜已经成了记忆。

香　榧

爱人吃香榧总是像吃山核桃一样，把整个的榧子丢进嘴里用力咬，结果一阵粉碎，没有一块完整的果肉。爱人说，买香榧吃不划算，老贵的东西吃在嘴里，连壳带肉的也没什么味。我笑笑卖个关子，随手剥了一颗完整的果肉丢进嘴里，香喷喷地嚼起来。

看到我吃得有滋有味，爱人便不依不饶地缠着，要我教她法子。拗不过，只能教她。学到招后，爱人笑着一颗接一颗地吃了起来，没多久半袋香榧吃完，说，味道不错。又拎了拎装香榧的袋子，脸上露出心疼的神色，叹息一声：太贵了。

我以前也不知怎么吃香榧。有一个诸暨朋友带来香榧，这可是稀货，很少能吃到。我拿起榧子往嘴里丢，吃山核桃般咬起来。朋友看了直笑，说：香榧不能这样吃，要找到它的双眼，用手一捏自会裂开。果然，香榧的比较鼓的一头上对称地长着两眼，用食指和拇指一捏，开了。剥了以后，朋友又让我用榧壳刮去果肉上的黑衣。这回丢进嘴里，那可是吃到最香的榧肉了。

说起香榧果的两只眼,据说有个故事。说是越王勾践吃香榧时,也是丢进嘴里用牙齿一咬,结果榧子连壳带果成为粉末。于是问身旁西施,西施妙目一转,盈盈一笑,用纤纤玉指捏住榧子上两个黄白色的小斑点,轻轻一用力,果壳瞬间裂开。西施剥开果仁献给大王,勾践赞赏说,西施好聪慧,好眼力。从此香榧果上的两只眼被称为"西施眼"。

曾经闹过一个笑话。那一回跟朋友去新登九仰坪,途中看到一棵高大的榧树。朋友问,这是什么树?因为榧树跟红豆杉树长得差不多,我一口咬定,这是红豆杉树。另一朋友说:"是榧树吧?"我还装得像个专家似的,说:"这分明是红豆杉,我见得多了,没错。"到了九仰坪,看到大片野生榧树,村主任说,野生香榧是一种稀有植物,很珍贵。这片野生榧林已经成为保护树种。这时我才知道,我真的有些孤陋寡闻。虽然朋友们没说我,但我自己感觉脸已经红到耳根了。

一直没见过香榧长在树上的模样。直到上半年去诸暨西岩,才见到庐山真面目。这是一片不甚高大的榧树林,每一株都结着像枣般大小果子,青涩光亮。榧树枝条被压得快垂到地上。看着这么沉甸甸饱满的榧子,忽然想起汉代《尔雅》中记载有关香榧的文字:"结实大小如枣,其核长于橄榄,无棱而壳薄,核有尖者不尖者,其仁黄白色可生啖。并可焙收,以小而实心为佳,一树不下数百斛。"如此看来也不虚语。

因为有几个好友在诸暨,这几年吃香榧对我们来说,也不算什么奢侈的东西了。虽说有些贵,但每到十月以后,朋友总会送些来。自然感激万分,想到以前绝对不可能有这口福。记得早些年,有一次跟朋友去诸暨走亲戚。主人家境不错,又好客,便拿出一包香榧。朋友跟我很少吃香榧，便一口气吃到将近吃光。主人跟朋友聊天时说起，那香榧要二百多块钱一斤。说者无意，我听了心里很难受。毕竟这么贵的东西，我们太贪吃了，说不定主人会心疼吧。当然好客的主人不会有这心思，但我心里着实难过了一段时间。

小鹿花糕

说到艰辛二字，陆亚萍微微一笑。她的笑很好看，眯着双眼，露出一对浅浅的酒窝。她的声音不大，却很有自信，她说，她不想说过去的那些辛酸，她只想享受被朋友认可的过程。

陆亚萍很年轻，有一家花糕作坊，在离富阳城不远的汤家埠。汤家埠紧邻富春江，是个不错的地方。她跟她的家人苦心经营着这个不大的花糕作坊，辛苦是辛苦了一点，但也感到很满足。

陆亚萍的微信名叫"小鹿花糕"，名字有些仙气。让人一听这名字，就想到天上王母娘娘的瑶池，那些蟠桃、点心。我敢肯定，蟠桃大会上如果有这种"小鹿花糕"，神仙们吃了一定很开心，都会竖起大拇指。

"小鹿花糕"品种不多，基本上就三四个样子，有白米、玉米、番薯、黑米等。最让人馋嘴的是那三色花糕，一层白、一层黄、一层紫，一看就让人直流口水。单色的花糕也不错：纯白色的白米花糕，土黄色的番薯花糕，金黄色的是玉米花糕，紫色的是黑米花糕。每一块花糕，色泽鲜艳，晶亮剔透。

花糕，其实是富阳民间的特色点心，富阳农村几乎每个地方都有人会做。但陆亚萍把它当作一个事业来做，真是不简单。别看这么小小的一块花糕，要做起来还挺复杂麻烦。首先材料要好，还要经过许多道吃力的工序。只要当中有一道工序，稍稍偷懒一点，花糕的味道就会逊色许多，甚至连香气都大打折扣。所以陆亚萍和家人一丝不苟，专心于每一个环节，她们做出来的花糕自然不同凡响。

"小鹿花糕"的特色除了外观诱人，味道自然有不一样的地方。最好是刚从花糕桶里拿出来，热气腾腾的时候，散发着阵阵米香，或者玉米、黑米、番薯的香味，似乎都会让你闻到那种久违了的家的味道，故乡的味道，童年的味道，甚至妈妈的味道。一股浓浓的乡愁，一刹那在你心中升腾起来，让你沉浸在回忆里，不能自拔。

不管是白米花糕或者是番薯、玉米、黑米做的花糕，它们的特点都是松软可口，香而不腻。咬在嘴里，满嘴的浓香，似乎都慢慢地渗入喉咙，让人欲罢不能，吃了还想吃。

每次看到陆亚萍，总是见她一副开心满足的样子，似乎所有的辛苦都值得。她说，最大的开心就是她的花糕被朋友们认可，朋友们的每一个赞，都是对她的一种褒奖。在富阳城区附近，只要有朋友喜欢、需要，一个电话或者微信里微她一下，她便会送货到朋友手里。

陆亚萍的花糕作坊还在开发白米果、清明果、寿糕米果、粽子等食品点心。她的清明果传承了富阳老的一套手工传统，剪来野外的艾草，用石灰腌制，然后舂成青泥，再做成米果，当然有原始的那种大自然的乡村味道。

荠菜花先开

惊蛰一过，荠菜便偷偷地生长出来。这时虽然已经春天，但天气依然有些寒冷。说不定什么时候，还会下几场春雪。地里似乎耐不住冬天的寂寞，许多对春天比较敏感的植物都在蠢蠢欲动。荠菜就是这一类植物，它们比一般的植物要生长得早。当许多植物还在沉睡时，它已经敞开怀抱迎接春天的到来了。

荠菜在老家是一种很常见的野菜，跟马兰头齐名。俗话说：荠菜马兰头，姑娘嫁在后门头。说的就是荠菜跟马兰头的普遍，乡村人家的前墙后门都会生长。只要你出门不远，没多久就能采得满篮子。

荠菜有好几种吃法，老家人炒着吃居多。去野外剪来荠菜，洗干净，用热水焯过，挤干水分切碎，和香干细丁热炒，即可上席。味道爽口，有一种菜园子里种的蔬菜所没有的清香。荠菜也可以包春卷，包馄饨，还可以凉拌。

在我的家乡，人们最喜欢用荠菜来包饺子，称为荠菜饺子。荠菜饺子有一种不同一般的香味，那是跟肉馅的饺子完全不一样的风味。据说能清火消炎，降"三高"。我也很喜欢吃荠菜饺子，爱人在空余时间往往会弄来许多荠菜包了饺子，吃剩的，就存放在冰箱里。

以前吃野菜那是因为日子苦，尤其在惊蛰前后，余粮已吃完，新粮还没成熟，这个时节被人们称为"青黄不接"。于是人们去田间地头找些野菜充饥，也没有什么油，就清炒一下，这野菜自然有些苦。现在的人们大鱼大肉吃多了，这些野菜又远在乡下，吃起来就觉得味道不一般的香。我也一样，每次回老家就喜欢吃荠菜和马兰头等野菜，拿来过饭很是香甜。但村里一些老人不怎么爱吃，他们说以前吃得太多，看到就倒胃口。

荠菜长得快老得也快，清明不到就已经开花结籽。花朵细小，白色。籽，心状或倒三角形，味微甜。老家有句谚语：荠菜花先开。说的是有些人做事或说话出格，跟别人不一样，什么东西都先知先觉，有些贬义。但荠菜花确实开得早，当其他植物还刚刚开始发芽开花时，荠菜已经结籽。荠菜开花以后就不能吃，只能当药材了。

荠菜实在是最普通的一种植物，一种能吃的野菜。虽然知道它是一种比较美味的野菜，却很少有人歌颂赞美。"城中桃李愁风雨，春在溪头荠菜花。"辛弃疾写的诗，或许就是关于荠菜最美的诗了。

其实，荠菜对于我们来说，早已不是一种简简单单的野菜。它在现在的许多人心中，已经成为乡音，是家乡的味道，再就是童年和远去的时光。

旮旯里的竹碗橱

每次回老家，都会去那间曾经居住了几十年的屋子看看。屋子已经十分破旧，门台有些坍塌，青苔从墙角一直长到窗檐。让人看一次心酸一次，有几次甚至会掉下眼泪。

屋子里原先生活用的老物件，也越来越少，几乎看不到让人容易产生深刻回忆的东西。看着有些潮湿发暗的水泥地坪，抚摸因年久而成灰黑色的木头柱子，抬头望着由于多年失修变得有些霉烂的楼板，我的心有些揪得慌。许多陈年往事想回忆却不敢，人呆呆地发着愣。

其中有一件东西却始终陪伴着这间孤独的屋子，每次回去它总是默默地立在门边楼梯口的旮旯里，让人有些感动，并因此而牵引出许多思绪和回忆。这是一个用毛竹做成的竹碗橱，老家人叫碗橱为"嘎橱"，我不知道这个"嘎"字怎么写，就常常随性写成"嘎橱"。后来我知道"嘎橱"其实应该写成"庎橱"，就是指放食物和餐具的橱。据《集韵·怪韵》："庎，所以庋食器者。"但毕竟少了那种老家的味道，那种亲切，那种和谐，那种说不出的像在母亲怀抱的感觉。总觉得有些生分，不如叫"嘎

灶间堂桌· 113

橱"自然，哪怕这些年我到了城里，依然痴心不改。

早先我家有一个精致的木头碗橱，四开六门，五层一底，碗橱高两米，宽一米五。上面三层有六扇门开合，门上镶嵌着"車"字形格子，里面用竹帘遮着。中间一层最小，就三只大抽屉，放些细小杂物。再下来一层是碗栅搁，专放洗干净的碗盏钵头。最底下是碗橱脚立地处，高大约八十厘米，里面放一只大水缸。这只木头碗橱，据父亲说是我太爷爷传下来的，用了许多杉木，请当时最好的木匠师傅做了十多个工夫（方言，指十来个工作日）才完成，简直是一件艺术品。从太爷爷到我这一辈，估计也有一百年了吧！这木碗橱在我小时候就已经破烂不堪，幸好那时也没什么丰富的东西可放置。可它实实在在地站在我家厨房间的灶台前，让我们一回到家，就禁不住食物的诱惑，忍不住打开那几扇破败的门。

木碗橱越来越破，而且由于破得厉害，那些不安分的蟑螂蚊虫可以直进直出，甚至有些老鼠都可以进去。母亲终于忍耐不住，整日在父亲面前唠叨。父亲思来想去，觉得要重做一个需得很多木头，又要请好的木匠师傅，这可要一笔不小的费用。也是凑巧，邻居家刚好有请椅子匠师傅，在拷毛竹椅子。父亲一说，师傅马上附和，好呀，这个毛竹做的碗橱，成本低，功夫省，而且有一个最大的好处，里面放剩饭剩菜哪怕是六月天也不会坏。

父亲上山砍来几棵大毛竹，没几天椅子匠师傅来到我家。不久一个崭新的散发着竹子特有清香的竹碗橱，骄傲地站立在我家灶台面前。最让人难以忘怀的是，师傅在竹碗橱的两扇主门上，镶上两片用火熏黑的竹片，每一片竹片上刻上一行字，一边是"丰衣足食"，另一边是"生活甜蜜"。字迹潇洒飘逸，非常好看。

从此母亲会把一些剩饭剩菜,还有许多馒头米馃粽子之类的东西,都放在竹碗橱里面,母亲知道我们放学回家,或者父亲收工回来,大家都有一个习惯,总是会去打开那扇碗橱的门。而我一回到家,最喜欢听到的似乎就是竹碗橱门被打开时那"嘎"的一声响。

随着生活条件的好转,我们也渐渐长大,兄弟姐妹都成家立业。父母不愿跟子女住在一起,说是吃喝都不合,我们也就各过各的生活。让我最难受的是,当我们都在使用冰箱的时候,父母还在使用那个竹碗橱。虽然多次让他们扔掉它,但母亲总是不舍,一直用到最后一刻,终究没有抛弃。那只竹碗橱依然干净整洁,发着暗红色的光亮。

父母离去以后,没多久我们也离开了老家,住进了城里。老家以及我的老屋,渐渐地从我的心里慢慢远去。屋子里许多生活中曾经使用过的老物件,也一点一点从我的脑海里丢失。这些曾经那么熟悉、亲切,日夜陪伴的东西,就像生活中不断失去的一些真诚,但不管怎样,总有一点感动会存在,让人回味,让人难忘,就像这个屋子旮旯里的竹碗橱。

立夏味道

立夏了，毛笋长过了人头高。竹林里还有人像寻宝一样，在仔细搜寻地上的裂缝，这个时候如果雨水充足，或者再来几个响雷，黄须头笋赶出来的概率终归有一些。向阳的山坡，早的嫩竹有几株已经放出嫩黄的毛茸茸的枝丫，笋头还在直直地向天空伸长。

老家有立夏吃长脚笋的习惯。但我至今都不知原因，也没听说有传说故事。就这样年复一年，立夏了就去竹林，寻找那些赶出来的黄须头笋。如果找不到黄须头笋，能发现长出不高的活笋也好，挖来，到家里剥去笋壳，整株煮熟，不用刀切，直接拿手把笋撕成一条条，称为"长脚笋"。然后炖、炒、煮、焐，随性而烧。我家基本上是焐，拿来腌肉切块，跟撕成的长脚笋一起，放进土灶台的大铁锅里，盖上气盖，然后镬灶洞里，大火燃烧。我家铁锅的盖子有两种，一种是气盖，高高的像一个倒扑的大木桶；另一种是平盖，就几块木板拼制而成上面一个手提把。据我母亲的经验，气盖盖住铁锅焐出来的长脚笋，香，鲜，脆，味道比平盖子的好。我也从来不管母亲怎么烧，反正我最喜欢吃笋，尤其是立夏的长脚笋。

碰到节气早一些的年份，到了立夏竹笋几乎都已经放出枝丫，天气也有些热，于是我们盼望刮风。遇上大风的夜里，会刮落许多笋头，一到早上竹林里好些人在捡笋头。笋头鲜嫩无比，做长脚笋的食材，相当不错。吃的时候清清脆脆，鲜美无比。

老家山里似乎有吃不完的竹笋，竹子品种繁多，竹笋也就各式各样。除了毛笋，还有象牙笋、孵鸡笋、红壳笋、石笋、细竹笋等，而这些品种里面又可以分出好些来。所有这些笋，到了立夏时节，好像都成了长脚笋的食材，仔细想想我们也是享尽了福，这样的山珍随时可以品尝。

与长脚笋一起，作为老家立夏的另一种习惯食物，是立夏饼。立夏饼比中秋月饼要稍稍小一些，也没有月饼那样发腻的甜，许多人喜欢吃。

有一个传统在老家比较通行，那就是在立夏时节，外婆家要送礼物给外孙、外孙女。在以前，每逢立夏时分，路上总能够看见，一些中年妇女，提着盖有花毛巾的竹篮子，走在旁边开满黄花的乡村路上。竹篮里放着一些小孩的衣裤鞋袜，几筒沾满油脂的纸包着的立夏饼。老家的这个习惯，被当地人称为"望立夏"，但似乎并不仅仅限于外婆望外孙，一些嫁了出去的小姑子，也会回来望侄儿女。

客人来到了，外孙或者侄儿女家里的爷爷奶奶们劳碌起来。剥笋的剥笋，烧饭的烧饭。客人也没有闲着，一起忙碌。也有给小孩们试着新衣裤、新鞋子。孩子们手里拿着立夏饼，嘴角沾满了饼的碎末，不时伸出舌头舔几下，满满的幸福洋溢在圆圆的小脸上。

我不喜欢吃立夏饼，因为我不喜欢甜食。立夏的两样美食，长脚笋我最爱，何况还有让我嘴馋的腌肉，吃的时候往往很难控制，吃到肚子胀还停不下来。而立夏饼我爱理不理，不眼热。

大概在老家不止我一个人不爱甜食，又或许生活好了以后，人们对甜食有所节制。后来，又出现了咸馅料的立夏饼。一种榨菜立夏饼，风靡了起来。我很喜欢这种榨菜馅立夏饼，价格又便宜，味道不错。

许多节日的传统美食，现在已经消失。但在老家长脚笋和立夏饼依然存在，眼看着立夏又到了，一些人便又开始准备这种老味道。

Chapter
4

村落旧事

富春剡溪

听着乡长讲解剡溪的剡字,觉得他讲得很有意思。

他说,剡溪这个剡字,由两把火一把刀组成。说明早先这一带山林茂盛,古人为了森林防火,拿刀砍树,砍出了一条隔离带,所以此地森林茂密,溪水充足,长流不息,形成一条美丽的剡溪。乡长是个很称职的乡长,解说自然要站在他的位置而言,森林防火真的挺重要。

如果仅从字面推测,自然各有理解。而我的理解是剡字由火和刀组成,那么所谓剡溪的剡字,当然有刀耕火种之意,说白了这个地方早先因是穷乡僻壤,尽管有崇山峻岭,草木繁盛,但必定比较闭塞,比较落后。

剡溪,属富春江十大溪流之一。在富阳水域里有着十分重要的地位。在《清史稿》志四十(地理十二)中这样记载:"……富春江,浙江上流,西南自桐庐入,纳浦江。湖㲉水即壶源江,右和剡浦,左纳苋浦……"《清史稿》是一本记载整个浙江省域的比较系统的地域书籍。由此可见,剡溪在整个富阳水系中的地位优势。

老早以前，剡溪名剡浦。据《康熙·富阳县志》记载："剡浦在县西南四十里庆護村，源出龙门山，其流深广，巨舟可入。"而在《光绪·富阳县志》里，则增加了不少内容，且引用了《钱令旧志》："剡浦，在县南四十里，发源龙门、上官诸山，西北流达柏树镇入于江，自柏树镇以下水流深广，可通舟楫。"说明剡浦在当时水面宽阔，一些比较大的渔船，或者商船都可以进出，而且可以肯定，县志中提到的柏树镇，应该是个比较繁华的水路埠头。

剡浦口柏树镇昔日的繁华，在康熙九年任富阳知县的牛奂所写的诗中可见一斑。牛奂曾写过一首《六幺令·苋浦归帆》，诗中写道："天外缥缈，岸柳垂丝裛山月。起看桅樯，都聚此江表。极目寒江，剡浦隐隐灯光俏。数声啼鸟，扁舟高卧，恍是春眠不觉晓。"这是一首描写富春江晚景的词，可惜没有了上阕。但单从下阕来读，已经给了我们一幅最美的黄昏春江图。依现在的眼光来看，牛奂应该是吃过晚饭，散步到苋浦恩波桥上，扶着石狮子栏杆，凭江向富春江眺望。他看到了富春江在晚风中的宁静和安详，同时他也看到了远处剡浦口，江船归帆，灯光隐隐，一派和谐景象。

我不知道从何时起剡浦变成了剡溪。或许生活在这一带的乡民，因为剡浦是从龙门、上官一带崇山峻岭间一路而来，他们不习惯把从自己身边流经的溪叫浦，所以他们就一直沿着习惯叫剡溪，或许老早就已经有人这样喊着。我翻阅了好几本县志，《康熙·富阳县志》里还有这样一段话："剡望山在县东南五十里，上湖岭界。旧志云，从剡溪入峰，峦纡回岫，壑冲杏林，树茂葱山，如仙人坐状。"这里的剡望山应该是在龙门、上官一带，那

村落旧事·121

么所说的剡溪，就是剡浦源头了。

记得小时候，父辈们也有称谓剡浦。我老家是在上官的黄土岭，是在剡溪的最里头了。大凡碰到一件了不得的事，比方说我们祖上的元书纸好，他们就会这样说：从剡浦打进来，我们的纸最行俏。或者说某某某，是从剡浦打进来最最什么什么的。剡浦里，就是老人嘴里随口会吐出来的词。

其实我翻阅了不少文档，虽然很少有记载剡浦源头的东西，但许多地方还是少不了痕迹，尽管没有详细的文字表达。在一些旧志的地形图等，我看到了不少有关剡溪源头的东西。在明代《正统·富春志》的山川形势之图中，我看到了神功山，如今上官芳村乡民还在叫着这山的名字。还有《康熙·富阳县志》的县域图里，我看到记载的石板岭、报恩寺、万春寺等。而到了光绪县志，就更加详细地记载了剡溪流域的管治、文化、地域、特产等，说明剡溪流域老早就有我们祖先在这里生活劳作，创造了剡溪独有的文化。

颜家桥

颜家桥，只去过一次。由于一好友妹妹嫁在那里，好友妹夫有个妹妹跟我相识，邀请我去玩，遂去了，吃了饭。那家父母很客气，是一对慈祥的老人。就这么一回，所以对颜家桥也没留下什么印象。只记得村口有座桥，村里大多是一些老房子，整个村庄在青山绿水之间。

对颜家桥村名，倒是有些熟，老家隔壁一远房姑姑也嫁在那里。姑父是个木匠，文文静静的很秀气。虽说是个木匠，看上去却更像个书生，做得一手好活。尤其擅长做八仙桌，还会雕刻一些图案，所以很受人们尊敬。

姑父经常来村里做木工，闲时也来做客。记得最深的是，姑父会讲许多故事，什么封神演义、薛仁贵征东等。每到晚上，隔壁阿婆家里，有许多人聚集一起。在煤油灯的照耀下，听姑父讲故事。讲得动人，听得入神。对这个颜家桥的姑父，充满了无限的敬佩。颜家桥这三个字，从小就植入了心底。

我一直不知道颜家桥在哪里，也不知是一个什么样的地方。只晓得在老家最高的山那一边，要翻过好几道岭，走大半天的路。

当兵回来以后，在村里当了几年干部。村里有一林场，是一个杉木基地。在颜家桥跟老家两个村子的两道岭之间，有几百亩的杉木林，每一年都要去几次。由于山高路远，没人肯去看管山林。经人介绍，来了一对颜家桥村的老夫妻，说愿意帮助看守林场。老头实在，老太太话很多。但看得出是一对善良而老实巴交的人，于是答应了。老夫妻就吃住在山上林场里，老人家很勤劳，时常挖些草药来卖，像什么地胡蜂、野党参之类，一年下来也有不少的收入。遇到家境有些困难的，还会送些给他们，老太太逢人便说：幸好来给你们看林场，我跟老头子两个人，身子都健硕了不少。还说：你们喊我山毛婆好了，以前别人都这样喊我的。于是村里人就都喊她山毛婆。

山毛婆跟她老头，给村里看了好多年的林场。后来或许年纪大了，吃不消看林场了，就回颜家桥去了。但山毛婆那开朗的性格，善良的人品，一直被村里的人所称道。

不久前，群友"不伦不类"说起，他想拍一个宣传家乡的片子。问及老家，说是颜家桥人。于是忽然想起一些陈年旧事，便胡乱涂写几句。不过，心里却真的想去看一看颜家桥，再去看一看老家人经常说起的那个地方：颜家桥头。

古井呓语

东前村人都知道,村庄里的程家井,是一口古老的水井。却没人明白它的来历,也少有人晓得程家井所有的故事。一些老人会告诉你关于古井的点点滴滴,像自言自语地说着熟睡时的梦呓。

我走访了许多老人,也翻阅了一些资料,终究没有一个完整的记录。我只能根据我所了解的一点少得可怜的东西,像梦呓般地写出这些文字,权当献给东前村父老乡亲的一点浅薄而不敬的看法。

一

那个秋天已经很冷。

几个壮健的汉子穿着草鞋,挑着白纸经过这个叫作宫前的村子。领头的那个年纪稍大点的汉子,看到走在最后的年轻小伙子有些气喘,很艰难地拖着步子,说了一句:"大家坐下歇一会儿吧!"

不远处有一口水井，一个妇人正在提水。大家走过去，放下白纸担坐在水井旁的石头上。坐下以后才觉得，走了这么些山路，不光人累，口也有些渴了。领头的汉子便站了起来，走到水井边的妇人身旁，低声说："这位大姐，能给点水喝吗？"那妇人微微一笑，拿起勺子，从水桶里舀出水来，递给了他。

汉子们始终远远地坐着没有说话，但从接到勺子喝到水后的表情看，都像换了个人。眼睛亮了，中气足了，身板也挺直了许多。

这几个汉子，是从最深山里走出来的挑夫，人称"大源脚"。那时，在远古的山里，漫山遍野地生长着毛竹，人们靠山吃山，以毛竹为原料生产经营着一种叫"白纸"的竹浆纸。由于交通不便，做成的白纸只能靠人工挑运出去。而深处山里富春江南岸的常绿、上官、骆村一带，出运方式，要么沿剡溪走龙门到中埠，要么沿大源溪走东前到大源，中埠和大源都是当时富春江边的重要码头。走中埠的挑夫叫"中埠脚"，走大源的叫"大源脚"。而这几个汉子走东前村这一线，又挑着白纸，明显就是"大源脚"。

这些人挑着百来斤重的担子，经过几十里山路的步行，确实有点辛苦累人。他们走到这里口干舌燥，脚酸背疼。他们看到有口水井，早已按捺不住，于是向提水妇人讨要水喝。虽然时令已是深秋，但此井水甘甜可口，喝在嘴里竟然有丝暖意，汉子们不仅精神一振，顿觉倍增力气。

好几次了，他们挑脚到了这里，看到那口水井，总有人在提水，并且会客气地给点水让他们喝。春夏时这井水凉爽甘洌，秋冬时甘甜温暖。他们有时也会好奇一下，但因为长途挑脚劳累，并不探究。

但是，今天的这口井水，唤醒了他们心中早已存在的那个疑惑。

　　他们从这个提水的妇人那儿了解到,这口井的基本情况。这口井是一个家族生活用水的井,是村里程姓族人所建。井深十多米。建造十分考究,井口外观呈圆形,直径有一米左右,四周用精选的石块砌成,一层一层,层层相扣。从井沿边上,石块的颜色和石头缝里长着厚厚的青苔来看,这口井即使没有千年,也存有几百年了。但妇人也说不出一个所以然,这让这几个挑脚的汉子,有点微微失望,喝了这么许久的井水,竟然不能十分了解这口井的事情,他们回去会少了不少挑脚路上的故事,至少让几个年轻点的挑夫,少了许多吹牛的素材。

　　他们谁也不说话,只是感激地望望那个给予他们井水的妇人。他们站起来相互看了几眼,然后远远地又看了几眼那口水井。那目光,似乎有些失望,又有些渴望。

　　妇人看着他们挑起担子,觉得还有点事情没告诉他们,就对着他们远去的背影,大声说:"记住,这口井叫作'程家井'!"

二

　　不一会儿,挑夫们离开了村庄边的水井。

　　最先说话的还是那个领头的汉子,忽然讲了一句话:"混世魔王程咬金。"

　　立即有人接着说道:"一个挑私盐的。"他们觉得那程咬金也是一个挑夫,跟他们挑白纸差不多。只不过老程后来有了大好前程,而他们却注定要一辈子挑脚。

　　刚才妇人说到了"程家井",让他们想起了他们平常从说书人那里听来的《说唐传》故事。《说唐传》里,程家老祖宗的英雄事迹，让他们敬仰已久。

他们猜测，这个村庄里的程氏族人会不会跟程咬金有关。如果是英雄的后代，这口"程家井"似乎也蒙上了一层七彩光环。

他们都知道程咬金贩卖私盐吃了官司后，隋唐众英雄揭竿而起，救出老程。老程上瓦岗做混世魔王，最后随大唐明主李世民建功立业，终成一代名将，被封鲁国公，成了历史上一位赫赫有名的人物。

问题是，程咬金好像与这个地方的程氏并不搭界。

于是，这些人在挑脚途中，又说到了三国时东吴名将程普。似乎这个与三国时少年英雄周瑜齐名的程老将军，倒跟这个村里的程氏有些接近。程普跟随孙坚、孙策、孙权，一生转战东吴各地，为吴国与蜀、魏三国鼎足立下了汗马功劳。而三孙的发源地就在富阳。

他们似乎一定要寻找一个盖世英豪，来做这个村里的程氏祖先，以报答那一汪井水的滴水之恩。然而也没有确切的证据来佐证，跟随东吴大帝的程普与东前村的程氏有何渊源。

他们搜肠刮肚地寻觅着许多记忆在脑海中的历史人物，他们说出了一个又一个程姓历史英雄人物，但又被他们自己一个个地推翻。当然许多牵强附会的历史人物和故事，只能是说说罢了。

然而，不管怎么说，这口"程家井"到底给予了他们不小的恩泽。这口属于程氏家族的水井，方便了不少像他们一样的过路之人。

挑脚者毕竟不能去细细考证，也不会去细细考证，毕竟生活对于他们来说，还是属于第一位的。他们只能怀着一颗单纯而美好的心，对给予他们方便的人们进行一种简单的祝愿。

而我们现代人，有着许多信息渠道，研究查实似乎有点责无旁贷了。

三

我去了东前村好几次，原因是，我曾经在读高中时，经常走过这里，对这个村落有着一种说不出道不明的情感，加上东前村里有许多民间传说和故事，增加了我不少兴趣，比如村子路边的"程家井"。程家井是一口古井，村子里的人一直对它充满许多神秘的敬仰。按照村里一些老人描述，古井早先在村口路边的程家台，站在古井旁，向东远望，一块巨大的像狮子一样的岩石，屹立在一座山峰之上，而岩石下的大源溪流到这里，回旋成一汪清潭。村里人叫那岩石为狮子塔，那汪泉水称青山潭。这个塔、潭、井共生的场景，现在依然清晰明见。或许是程家井跟那狮子塔、青山潭形成了一种默契，它们一起守护着东前村千年不变的灵气和厚重的历史。

我来到这口古井旁，除了知道这是一口井，我想不到任何故事。但我从井的内壁看，知道这是一口年代已久的古井，恐怕有上千年的历史。水井里隐隐约约的石壁上，生着青苔，长着细细的水草，静静地待着。

我走进村里，试图从一些老人口中了解一点这口井的来历，或者传说，但很失望。

一个村里的干部给了我一点资料，从资料上看，村里的程氏族人来自富春双溪，而富春双溪程氏祖上却是由安徽而居杭，然后生子迁居。由此看来，东前村程氏族人繁衍生息已经历经千百余年了。

据了解，程姓族人自安徽迁居富春以后，安居乐业，勤俭持家，克己奉公，乐善好施。无论哪一支后裔，都被当地人称颂。他们的许多美德直到如今，还是一直被后代传承。

程姓族人在东前村居住下来，他们经过几代人的努力，得到了地方官府的高度认可。他们觉得要报答地方，但用什么方式来进行呢？他们想到了要挖一口水井。

东前村一直不缺水，一条大源溪横贯全村。问题是在富春地区生活的人们，好像有个习俗，他们可以在溪水里洗菜淘米，但从不直接饮用溪水。他们觉得溪水上游住着人口，溪水就不宜直接饮用。程姓族人商量着在村里挖一口井，他们动手了。井是程姓族人开挖的，当然属于程氏族人家族专用，这是当时东前村其他村民的想法。但程姓族人并没有如此这般，因为水井靠近官道，所以，不要说本村人员，就是一些过往人士也尽可享用。后来，所有享受过此水井方便的人，还是习惯地把这口井称为"程家井"。

我在东前村里逛游，东问西问。一个老人告诉我，程家井有许多很神秘的事情，它是一口善良之井，从来不曾发生过任何不利于村里人的事情。早些年有小孩掉入井中，打捞上来，一点事也没有。而且井水甘甜清凉，据说可以治愈一些身体上的毛病。一些过往行人，喝了井水体力大增，行程加快。由此看来，程家井确实有它不一般的地方，难怪一直保存完好。

我又在井口边盘桓了许久，想象着千百年来在它身边发生的许多故事。我探头一看，它水光粼粼，就像是一颗遗落在东前村的千年明珠。

永远的百花坟头

一

那一圈长着野草、竹子、柴火的荒地叫百花坟头。张老师跟我说。

东前村周围的山坡，柴火、树木、竹子、茅草，还有许多植物，低矮的、高大的，阔叶的、细叶的……密密麻麻纠缠在一起。春天，山上有许多野果子，甜的、酸的、涩的都有。冬天，有各种下山来觅食的野兽，野猪偶尔也会出来。村庄里的人习惯了，也就不足为奇。

百花坟头在后头山，四周长满了高大的竹子，春天，从地里钻出许多笋，一天疯似一天地向天空直直生长。一些野茶树依附在竹子脚跟，也瞅着热闹，悄悄长出新芽。覆盆子眼看着由青转黄，有几粒已经微微发红。各式野花，有的正开得闹，有的含着苞，有的已经凋谢。东前村村庄历史上的春天，大部分都在百花盛开的繁华和热闹中度过。正是这些山花烂漫的年复一年的美好季节，最终一点一点地汇集成一种经久不衰的传承，让人对这个村庄充满了不舍和希冀。

许多年前的一个春天，一支威武之师驻扎在山脚的旷野里，埋锅造饭，操练阵仗。他们的首领是一个巾帼不让须眉的女中豪杰，人称百花公主。他们挖井，用着很原始的工具，一气挖了三十多口，井水甘甜清凉。他们允许村民来军营中的水井取水，不收取费用。许多事情让村民感动。

这支部队从不侵犯百姓，他们甚至自己开荒种粮，待秋后除军营里自己备用外，还送些给附近村民。村民们觉得他们跟朝廷的军队不一样，跟他们亲近了起来，尤其对部队的女首领，村民们崇拜至极。

在茶余饭后，村民们绘声绘色地演绎着部队女首领的各种英雄事迹。他们知道了女首领的名字叫方百花，是大破杭城的睦州方腊的妹妹。他们还知道方百花在队伍中被称为"百花公主"，有着崇高的威望。

老人们喝着茶，吐着并不清晰的语言，偶尔从嘴里溅出些许飞沫。

孩子们坐在老人脚跟，手托着腮，仰着头。长大了我也要当这样的将军。一个孩子说。

我要像百花公主一样统领一支这样好的队伍。另一个孩子也说道。

等我们长大了不知还有没有不平和苦难了。还有一个孩子低着头这样想。

后来这些孩子们的愿望，终究一个都没有实现。直到千年以后，那个低着头冥思的孩子，他的愿望却已经成了现实，但不晓得已经是这个孩子的第几代孙子辈了。

二

"看将去!看将去!百花公主点将了!"

村民各自从自己的低矮房子里,钻了出来。他们喊着跑着,到村庄外面的旷野里。队伍整齐,战士威风,战旗在风中猎猎作响。在很大一块开阔地边上的山岭土墩上,一个白袍女将军,骑着白马,挎着佩剑,威风凛凛地站立着。村民们从来没见过如此豪壮的场面,更加难以见到如此威风的将军,还是个英姿飒爽的女中豪杰。他们站立在队伍外围,仿佛自己也成了一名威风的军人。这件事情一直传了下来,在许多年以后,那条百花公主站立的山岭,被叫作"看将岭",那个土墩,也就名正言顺地成了"点将台"。

部队出发了,没人知道去了哪里。或许去进行更大的征战,或许又去了别的地方。但有一点必须肯定,没多久方腊起义失败了。方腊被朝廷派来的另一支队伍所剿灭,那支队伍从山东梁山泊而来,是一支被朝廷招安了的起义部队。

从一些外地传来的消息中,村民们知道那个在他们村里驻扎过的队伍首领,那个让人非常怀念的百花公主,也已经不幸阵亡。人们唏嘘了起来,多好的一支队伍,多好的一位将军,多好的一位女英雄。村庄里低沉了许多,甚至连狗都不叫一声。有些村民悄悄地溜到别处,打探有关百花公主的消息。还有的村民,整天跑到先前队伍操练的地方,跑到看将岭下,回顾那些激动人心的场面。又有的人特意站到看将岭的土墩上,感受一番百花公主点将时的情形。但风清月静,人去物非,走了,都已经走了,

村落旧事・133

村庄以及周围只剩下空寂和风声。

后来——那一年秋日的一个晌午,看将岭上的树叶随风飘落,天阴着脸。两个道姑打扮的女士,背着包裹,来到东前村的后头山。她们在看将岭的土墩旁,站立许久,然后沿着看将岭后的山坡,慢慢往上爬了几百米。她们在一个有着几棵高大乔木和茂盛竹子的缓坡停了下来,转过身朝远方看看,又左右张望了一会儿。两人在边上抬了一个石块,摆在一处比较平坦的地方。

她们来到村里,找到几个年长的人。告诉说,要在她们看中的地方造个墓。村民们起先不同意,莫名其妙地怎么可以让外人来葬坟呢?经过几天的游说,村里的长辈们居然同意。还吩咐村里的年轻人,必须上山帮忙,一切都悄悄地进行。几天以后,一座新坟在东前村的后头山立了起来。四周砌了高高的石坎,种上树木花草。两个道姑在坟墓建好以后,悄然不见,而维护坟墓的事,村里的老人们主动承担了下来,似乎让人不可思议。每一年的春天,坟头周围都会开出许多不知名的品种不一样的野花。

村民老了一辈又一辈,一个传说悄悄地在村里流传着。说,那个坟头葬的原来是百花公主。因为在当时,方腊失败,百花公主牺牲,她的下属偷偷地把她下葬在这里。直到过了许多年,时势平缓了一些,她的下属,也就是那两个道姑,才觉得要给公主造个坟头,于是出现了那一幕。

这座坟也就是后来人们一直传说的百花坟头。

三

关于百花公主的坟墓,许多地方都有自己的说法,甚至都可以找到一些依据和传说来佐证。究其缘由，或许百花公主这个人物，本身让民间许多地方的百姓敬仰。从江南大部，尤其是浙西地区的民间传说来看，百花公主是一位值得人们称颂的人物。说真的，在我们附近区域的历史上，还真没有哪一位民间起义首领，被人们这样代代传颂过。

在东前村，百花公主下葬之处被人们习惯地称为"百花坟头"，千年以来一直这样被叫着。百花坟头四个字从一些老人口中吐出来，仿佛让人可以体味到一种别样的滋味，有自豪，有神往，有怀念，还有些许不容置疑的相信，相信百花公主在他们村里存在过，驻扎过，也相信百花坟头确实是百花公主的坟墓。

我自然相信，相信那些远去的故事。在东前村的任何地方，或者村庄附近，许多地方都依稀存在痕迹。从紫霄宫遗址到金子坊村落，再从井田畈、看将岭到点将台，然后到百花公园，似乎整个村落及附近都与百花公主有着千丝万缕的联系。好像我们在一个巨大的迷宫里，在东前村的历史迷宫里，虽然我们毫无头绪，但总有百花公主这个线索，帮助我们理清脉络，走出那些传承的困境。

我喜欢在东前村这个村庄里静静地走，一次两次，甚至多次，哪怕走着走着剩下一个人。在这个村庄静走总会有许多让人惊喜的发现，发现一棵树，发现一块石头，发现一株草似乎都会让人产生一些联想。我在张老师家门口，发现了一株蒲公英，它结了籽，在太阳底下形成一团白色的籽球，一阵清风过去，几片种絮飘然而去，飘的方向正是后头山的百花坟头。我的思绪随着飘荡起来，我想起了那两个为百花公主造坟的道姑，或许她们是百花公主的手下或随从，她们感念公主生前对待她们的恩德，不忍公主声名被时间湮没，于是来到这里，在公主生活战斗过的地方起坟立碑，好让后人永远记得，世代传颂。

东前村，我不知道谁是你伸向时空的手，炊烟、村庄、树木，那一片旷野，还是我们脚下无意当中踩起的尘土。

谁又是你永远不能挪动却转眼散成云烟的那只脚，是大源溪永不停息的流水，还是村庄周围山坡上密密麻麻草木竹花深深扎入泥土的根须，或者是一些鸟的嘶鸣。

到底是谁在默默地注视着你呢。

我一直觉得荒芜在看将岭上后头山的百花坟头，才是这个村庄的故事源头。它记忆了千年的事情，许多鸟儿在那里鸣叫，又有村民上山坐在那儿休息打盹，有野兽在那儿觅食寻情，有昆虫打闹争斗。东前村的许多趣事话由，仿佛都埋在这个百花坟头。只有春天了，才会随着百花盛开而悄然绽放。

事实上我不可能熟悉这个村庄的所有事情。我想看见东前村所有过往，想看见一种我不曾十分了解的传承，它指给我——那块山坡上荒芜的坡地，那块一年一年被人们讲着故事的土地。花草竹木一日复一日地生长，所有物事都在讲着一个同样的故事。

我仰起头，看见的不再是东前村以往空虚的天际。

百步坎，流逝的记忆

百步坎在村庄的西南面。出门往山里走，一不留神，就在脚下。

在富阳的山里，用石头垒砌的这种坎随处可见，几乎每条溪流，或者田地之间都有。江南多阴雨。四季中属初夏的梅雨时节，雨水充沛，在山里乱冲乱撞。这些与水相抗的石头，便紧挨着站起一道道墙坎，安静、寂寞、坚强，又朴实、苍老。见证着沧海桑田，时空转换。

许多石坎建于何时，我们不得而知，只看见石头呈现灰黑色，甚至有的还长了厚厚青苔。东前村的百步坎呢？也一样，没有一个准确的说法。我问了许多老人，都说在秦始皇时就已存在。一些老人说起百步坎的事情，讲得让人神往。这样说来，百步坎的历史应该有几千年了。人，终究活不过石头和泥土，也没有石头垒砌的坎时间长久。几千年，几百年，人，走了一拨又一拨，朝代换了一朝又一朝，百步坎依然站立在大源溪岸边，没有消亡，只不过溪越流越深，坎越来越高，而坎上每一年草木长了又衰，衰了又长。

在村中老人的带领下,我来到了这个被村民传扬千年的地方。

坎,有些高,下面是大源溪。因为长着荒草和柴火,我即使探身俯瞰,也不能望到坎脚。这里之所以被称为百步坎,是因为传说中,从水上码头走到岸边,约一百步的路程。百步坎旁,是一条大路,据说在以前从富阳大源到场口都走这里,是一条畅通的官道,来往路人密集。站在百步坎旁的路上,仰头向西,可以看到巍峨的亭山,像一个巨大的亭子,屹立不倒。人类的微不足道,一下子呈现出来,使人无端产生恐慌和敬畏。

虽然很少有书籍记载百步坎的历史,但它每天都会进入村民的视线,这让许多村民不能熟视无睹。百步坎的历史,不管是繁华或者萧条,热闹或者冷清,总是被一代代地记忆、传扬、叙述。

我还记得一些有关联的历史记载。

从《富春志》和富阳各个时代编纂的县志中,我们可以查阅到,在远古的宫前村,有一座紫霄宫,规模颇大,历史久远。这在富阳区域的历史上,也可以算得上是一座数一数二的庙宇或道观。连秦始皇东巡,都要落脚的地方,可想而知紫霄宫在当初的地位。如今紫霄宫已荡然无存,连宫殿的遗址也难以寻觅。人们只能根据史料的描述,去依稀地确认方位,至于具体的详细位置,没人说得清。但从《富春志》记载始皇东巡到富阳的路线图来推测,应该是从大源溪到百步坎上岸,然后住宿紫霄宫。由此看来百步坎码头在当时就已经具有相当的吞吐量,不管是面积,还是设施,都应该很可观,不然如何容纳秦始皇庞大的东巡人马呢?而紫霄宫则完全是一座行宫般的道观了。

于是，我不妨大胆地推测，紫霄宫就在百步坎不远处的亭山脚下。这里陆路有通向场口、桐庐、建德方向的官道，水路有直通富春江，大小船只可以通航的大源溪。交通是何等方便，信息是何等灵通。

我一直认为东前村在远古时代，就已经是一个千户大村。在当时或许整个富春大地上，还没有很多的人口比较集聚的大村落。村与村之间的交通也属于蛮荒时代的原始山路及田野小道。那些水路方便的村落，便发达了起来。那时，东前村的大源溪，在百步坎以下，应该是一片广袤的水域，水天茫茫，碧帆点点。亭山脚下的百步坎得天独厚，成了一个天然的水运码头。经过一代代人的修建完善，百步坎码头终于兴旺了起来，沿岸可以停靠上百渔船和各类商船。

随着百步坎码头的扩大，东前村也空前地繁华了起来，随即有了许多街市。因为水域面积宽广，鱼类资源非常丰富，于是有了专门从事打鱼为生的渔民。有了众多的渔民，便有了鱼市，就有了一条卖鱼集中的卖鱼街。渔民一天的生活，在那些卖鱼的叫唤声中开始。一些远在山里靠毛竹做元书纸或小黄纸为生的山民，不辞辛劳，挑着竹纸或者山货，也来到东前村，或买卖，或歇脚，或采购。在古代或近代的许多时候，东前村一直热闹繁华，一些遗迹直到现在依然清晰可见。而很多反映当时状况的地名或传说，也随着人们的繁衍生息流传了下来。

据传，当时正因为有了百步坎码头，东前村的繁华程度非常之高。村落里有东西两条街，而联结两条街的有一座桥，叫作齐街桥，建于北宋年间，是一座石桥。具体是一座怎么样的石桥，已经没人能够说得清楚，想来也是一座精美绝伦的石桥。东街连陆路，通富阳、萧山、诸暨，西街邻溪沿着水岸延伸至百步坎码头。虽然这些都是从祖辈口中流传的场景,但从后来在村庄的各类重建中陆续挖出的一些物件来看,古代村庄中央的街路,都是由青砖直插地面铺设而成,还拼成各种图案,古朴、坚实、柔美,处处显示出北宋韵味。

大源溪像明晃晃的碧玉带子样镶嵌在村子和山田之间,站在路上看,至少沉下去了十多米。我的脚下就是百步坎,现在已经看不出任何码头的痕迹。许多杂草、柴火、树在这里生长茂盛,但我依然相信那些故事,那些远去了的繁华和喧嚣。我知道许多现在看来影迹无存的事情,总是在历史的长河中荡涤,最后消亡,其实,它们却真真实实地一步一个脚印地经过这地方。

是时空把溪流变迁成这样,是时空把百步坎演绎成这样。

百步坎的荒芜或许是因为另一种交通方式出现在了这个地方。不同的人群和不同的物事开始来来往往地走动,最后这些人和事,甚至生活方式又被另一拨代替。

百步坎就像是被扔掉的一个码头和一条路,或一种生存模样。但我知道,它必定有被扔掉的理由。

但有些东西始终扔不掉,会留下来。一些留在了原先的模样上,成了野草、荆棘、树木的家,更多地留在了人们的记忆里,变成了代代相传生生不息的遗存。

在百步坎我站立很久,觉得那是东前村的老根底子。东前村的两个村子——溪东和宫前,几千年来住了不知几辈人,老村庄住旧了就造新村庄,新村庄没多久又会变成老村庄。在这片土地上人们住惯了的两个村子,就像是坐在亭山山腰里母亲的两只脚,一只搁在了溪东后头山下,另一只搁在了溪西的亭山脚下。人们总也不愿遗弃这片土地,依旧像个孩子般依偎在母亲的怀里。

紫霄宫

一

不知是否还记得，富阳大源东前村，曾有一座紫霄宫。

据《富春志》记载，公元前216年，秦始皇第五次东巡，途经富阳，从富春江上游汤家埠过渡到富春江南岸，顺流而下至百步坎码头，由此上岸到达紫霄宫，盘桓数日后，继续东巡，去了绍兴会稽县。看来东前紫霄宫，经历了几千年的历史。

紫霄宫应该是一座比较大的道观，无论是史志记载，还是当地老人口中相传，它都有一定的规模。这座道观在几千年的历史中，一直在兴衰繁荣、宁静骚动、严寒酷暑中晨钟暮鼓。其间几次坍毁，又几番重修，但终究熬不过岁月沧桑，四季轮回，如今早已不复存在，唯有一片荒凉遗址，柴草茂盛。让人唏嘘感叹，凭空想象，思绪悠悠。

更多的想象，是在那些村里老人的口中。

奶奶的奶奶出门了，是去道观里念经。几个邻居老太太等着一起从那棵白果树下开始走，她们都缠着小脚，盘着油亮的头发，她们走起路来一扭一扭。因为要去道观，她们换上了干净的大襟布衫，布衫肥大，这让她们扭动着走路看上去有点滑稽。她们来到了这座在方圆几十里村落中最大的道观，因为来得早，道观前的青石板上还留着昨夜的露水。石板上长着青苔，老太太们扭着小脚得格外小心，于是她们走路的姿势让人看来有些夸张。远远看去像极了一群老人，在跳一支极现代的广场舞。

道观离村不远，造得气势宏伟，正门楣额上"紫霄宫"三个大字，字体严正端庄大气。这座被称为"紫霄宫"的道观，坐西朝东，布局合理，结构巧妙。整个建筑为三进院落，占地面积十分广阔，里面分别建有紫霄殿、父母殿、龙虎殿、碑亭等。紫霄宫楼宇主次分明，雕梁画栋，檐角飞翘。宫内道姑，虔诚而庄严。这里几乎成了附近四乡八邻的村民心灵寄托的场所。

到了道观里的老奶奶们，坐了下来。她们跟着紫霄宫里的道姑念经。道姑们有年轻也有年长。或许宫里香火常年旺盛，道姑们大多皮肤白嫩，非常好看，只是眼睛里透出来的是没有一丝情感的光亮。只有在这些老奶奶们献上供品，或者捐献钱财时，她们才会露出一点笑容。老奶奶们献上供品或者捐献了钱财，觉得心安，在度过了虔诚的一天后，跟宫里的道姑道别，在千恩万谢中又扭着小脚颤颤地相互搀扶着回到自己家里。

紫霄宫在当地有着神圣而崇高的地位，几千年来祖先们对紫色总是充满了敬畏，很多词语，比方紫霄，紫气，一直代表着至高无上的权力。所以这座道观取名"紫霄宫"，当然非同小可。然而，几百年，甚至几千年来，居住在这里的世世代代的人们，不知这座神秘宫殿的来历。从人们口中，从一些传说记载里，衍生出许多神奇的故事。其中，方腊义妹方百花修造东前村紫霄宫的说法，颇让村中后人相信，津津乐道着方百花东前驻军，大破朝廷官兵，修居紫霄宫等让人无限神往的故事。

二

我一直跟东前村的几个老人在争论，方百花是从睦州经桐庐沿剡溪过上官而来，还是睦州出发打杭州再到东前。我倾向于前一种推测，我有我的理由。东前村的老人们说应该是后一个方式，当然他们也有依据。不管怎么争论，我们都相信，百花公主带领义军在东前确确实实驻扎过。不然千年以来，怎么会有这么多的传说故事流传下来，甚至于有的老人还从废墟里挖出一些东西来证明。这固然是出于对那些敢于对抗强权英雄的崇敬，也是对那些远去了的历史人物的肯定。无论历史如何书写，老百姓心中自有一杆秤。

方百花自然是一个英雄，而且是一个巾帼英雄。传说中的方百花，号称"百花公主"，英姿飒爽，威震三军。相传，她带领义军来到东前村，驻军在看将岭下的井田畈，军纪严明，对百姓秋毫无犯。百花公主一看东前村的位置，背靠亭山，前面视野开阔，着实是一个屯军驻守的好地方，便驻扎了下来。等待机会，再杀敌建功。于是，根据属下建议，她想造一座适合自己居住的殿宇。因为百花公主是方腊的妹妹，号称"公主"，又是义军元帅，这个殿宇必须与她身份相配。义军将领遍访懂风水之术的大师，欲寻得一方福地，以便为她们的元帅盖一座宫殿。

终于，在亭山山坞深处，觅得一风水大师。风水大师带着她们来到亭山山腰的神道路下，找到了一块风水宝地。此地被当地人称为"福地",据说有狮象龙虎之形,还有皇榜、神堂之迹。且原来就有一座被称为"紫霄宫"的道观,于是就决定改造紫霄宫为百花公主的行宫。

百花公主着令修建宫殿,仍旧取名紫霄宫。紫霄宫古代是道德宫观,也称紫霄元圣宫,传说是天道的最高之地,是盘古开天的天地之源。据传,百花公主善用妖术,妖法用得过多,对于自身要损元气,所以须修建紫霄宫为传正法驱神灵。

紫霄宫终于修建成功,在宫殿的后面还建了一个后花园,供百花公主安心静养。但人们一直奇怪,百花公主替她自己的后花园取名为"厌门里",一直到今天人们仍然这么叫着,当然也没人去深究为什么。

对于百花公主修建紫霄宫,我还是心存怀疑。不要说百花公主在这里驻扎的时间存在问题,就算百花公主有能力修建紫霄宫,但根据记载,紫霄宫这么宏伟的建筑,起码得修建个十几年吧?所以,这个说法,我们只能把它当作一个人们为了纪念百花公主而创作的美好故事吧!

三

对于东前村原紫霄宫的一些往事,我其实了解得很少很少。而当地的一些老人除了知道那个百花公主的传说以外,也说不出一个所以然。我只得去查阅资料。我查阅了富阳光绪县志,得知一个叫孙千霞的人,是她重建了东前村的紫霄宫。而这个人是个笃信道教之人,且还是一个朝廷的女道官。据《咸丰临安志》记载:在大源山去县南三十里,前有一石,世传为三官下马石。宋靖康丙午，女冠清妙虚心大师孙千霞与其师宋道录，自都中来，止此山前。一夕里，人见祥光上胜。初结茅，以居久之。遂成宫观。雅洁幽爽，亦县之胜概也。又据光绪《富阳县志》记载：按紫霄宫在今大源五庄宫前村，咸丰间毁于兵。同治季年，新关蒋氏妇人集资建复。由此可见，东前村曾经确实有过一座值得自豪的宏伟道观，且还是一个来自朝廷的女官员修建。那么问题是，这个女道官孙千霞是何许人呢？

孙千霞这个女道官，从资料上看来也是极不简单的一个人。她出生于官宦之家，年幼时就能背诵、理解以及注释《道德经》。后来被宋朝皇帝宋徽宗赐名"戒行"，专心于修道学艺，在富阳大源东前的紫霄宫里，授徒好几百人。一直到九十多岁，羽化而去。据《武康志》又见《太平广记》记载：沈义，武康人，躬耕于野，忽弃耕亡去。家人求之不得，子孙相传，以为羽化。齐永明二年，归访旧里。呼诸孙，谓之曰：吾是汝世祖，在蜀以符药治病，有活人功。上帝授吾为碧落侍郎，今归以告汝。倏尔不见，邑人骇异，建道观塑像以奉之。宋崇宁大观间，有内庭女道官孙千霞，梦一道士披防霞衣，言曰：吾武康人也，在碧落中，与子有宿缘，他日当遇于彼。及靖康乱，千霞避地南方，依石防御，防御者家于德清之韶村，始知武康为吴兴也。一日，石氏设醮，羽衣毕集。道士姜景良与焉。千霞以其梦告，景良曰：吾邑沈义也。千霞急走义祠，瞻塑像曰：真吾梦中所见也。遂捐金，遍施黄冠而去。后，千霞于富阳太元山授徒数百人，年八十有九，忽髭髯丛生，越三年而羽化。文中富阳太元山，如今看来即是富阳大源亭山一带。

由此，可以得出结论，东前村在很久以前，确实有一座规模较大的紫霄宫。且历史久远，自秦始皇时代就早已有之，但随着历史变迁已经荒芜，而重新建造紫霄宫者，实在是宋朝女道官孙千霞。

往事悠悠，岁月苍苍。时至今日紫霄宫已经烟消云散，不复存在，对于何人修建再也没有追究的必要。今天的东前村人，只要知道曾经有这些往事的存在，东前村有这么些历史文化积淀就够了。

石头垒砌的村子

嵩溪村像个开明大度的老人，尽管历尽沧桑，依然面目慈祥让人温暖。

知道嵩溪之名，是在前几天。一个叫小朱的年轻人，是个头脑活络的生意人，又是一个旅游公司的老总。他喋喋不休地向我介绍嵩溪的人文景观，说那是一个不同于一般景区的地方。几乎所有的建筑都是用石头垒砌，那些石头有温度，会让人感觉温暖。他发了有关嵩溪的链接给我，洋洋洒洒一大篇，看得人头昏脑涨。但我还是被吸引了，还是被打动了。

根据导航，我们来到了位于浦江的这个小山村。路很好，山很美，坡上开满了各种花。一条山路在半山腰前行，村庄在路边的谷底。隔着车窗向外望去，一大片石墙青瓦的老房子，涌入眼帘。我们在路旁一个比较空的停车场把车停了下来，我们不知从何处进入村口。踌躇间，一个推着小孩的年轻妈妈笑着问："从杭州来？""嗯。"我们异口同声。"你们从左前方公交站牌那一直往下走，可以慢慢游览。"年轻妈妈始终微笑着，推车里的孩子也一脸可爱的笑容。

顺着一条小巷慢慢走，经过一些不需要刻意雕琢的角落，每一个角落似乎都是一篇美文。一条溪流流过村子，只看见几个缺口，而每个缺口都是一道天然的风景。这条溪流，被村里人叫作暗溪，溪水清澈明亮，甘甜爽口。在每个缺口处，总是能够让人发现许多感动，哪怕是一棵草一株树，它们全部都生活得悠然自乐，生机勃勃，该开花的开花，该结果的结果。在这些缺口中，有一个地方让我的思绪飞扬了起来，我的眼前幻化出一幕景象来：在一个夏日的黄昏，一对情侣从溪流缺口的石头台阶上，慢慢走进溪流之中。旁边石头垒砌的房屋基坎上，长着一些开着红花的野草。暗溪里有供人坐的石条，不一会儿这对情侣坐到了石条上甜蜜缠绵起来。溪水长长，爱情绵绵，就像这嵩溪古村，天荒地老。

　　嵩溪村的空气里弥漫着浓浓的石头味道，仿佛那些石头垒砌的老房子、溪坎、路面晒了整天的太阳，或者经历了许多天的阴雨，呼出来的气息。村庄里安静得只听见流水的声音，我不知道这个村庄里住着多少人，看见的只是一些散漫的游客，偶尔见到一两个当地老人。我不知道这么大的一个古村，人们去了哪里，谁也不知道谁去了哪里。对于嵩溪古村，我一点也看不深，更不要说看得透彻。我当然看不透彻，我唯一看得见的就是那些石头垒砌的墙、坎、路面。但我觉得嵩溪古村，既然有这么久远的遗存，当然有它流传至今的理由。我对它的了解，或者对它的认识，仅仅从书本、网络上得来的一点，或者仅凭这一次的走马观花，显然远远不够。

　　一路悠闲，嵩溪村在我眼里尽显苍老、安静、古朴、闲逸，仿佛是一个在春日里晒着太阳的老人，眯着眼睛温顺地躺在群山怀里。但我发现我的想法有点偏颇，到了接近村口才知道我们一直是从里往外走。越走越觉得嵩溪有的并不仅仅是古老、安逸。青春、灵动照样在这里活跃，眼前一带绿水在石头布满的溪流里欢腾跳跃。没有枯藤，几棵老树倒映水中，新芽嫩绿，青春再现。一排排的石头房子，配上溪边石头垒砌的岸，溪流成了手机拍摄爱好者的最爱，一幅幅图片被制成美篇、抖音，传向亿万人的眼眸。

或许是嵩溪古村的风景让人留恋，又或许是某个神秘因素，在游览完村落时，停在停车场的车子没了电，不能启动。正在我们万般无奈一筹莫展，旁边一个小卖部的年轻老板娘微笑着走了过来。问了情况，让我们别急。她拿出手机打了个电话，对我们说有人会来帮我们。不一会儿，一个面色黝黑的中年男子，骑着电瓶车，车上载着一个大电瓶，也是面带笑容，来到我们面前。没有客套，手脚麻利地帮我们发动了车子。我们万般感激，不知用什么方法来表达。想给点钱当作报酬，那中年男子笑着连忙推辞，说，家门口的事，应该的，你们玩得开心就好。

都说铁石心肠，石头在人们心里一直是冷血的象征，但在这里好像是个例外。在嵩溪古村，这个用石头垒砌的村子，我感觉到的不光是石头有温度，山、水、草木、老房子，似乎所有的一切，都让人产生亲近感。尤其这里的人们，好像都是我远方的亲戚，自然想着经常来走动走动。

双联村逸事

一

双联村有一座牌坊，默然屹立了几百年。

牌坊由一种青石板垒砌而成，有两层楼房那么高。牌坊左前方有一棵老榆树，估计几百年了，苍劲，嶙峋，枝繁叶茂。在牌楼的底座边和榆树的根部，有一些蜡烛和香灰燃烧的痕迹，可能不时有村民来膜拜，反映了当地村民对古老传承的尊崇，还有对自然形态的敬畏。

与许多地方的"状元牌坊""御赐牌坊"不同，这个牌坊是为一个女人而立，一个已经亡故很久很久的女人。牌坊似乎又有些不简单，居然也是御赐的。因为一个女人"从一而终、寡而不嫁"的事迹，惊动了皇上，皇上被感动，于是钦赐圣旨，立此牌坊，称为"贞节牌坊"，用以表彰该女，激励后人。

牌坊称为"黄氏牌坊"，这个黄氏在十九岁嫁给一户姓金的人家，谁知道好景不长，三年后丈夫去世。于是荆钗布裙，不分昼夜辛勤织布，一边照顾着年老有病的公公婆婆，一边还要抚养幼女。她为人善良,和睦邻里,公婆看她辛苦,心中不忍,多次劝她改嫁,邻里族人也无异议。但黄氏态度坚决,立志苦守。一直到公婆离世,女儿成家,守寡七十余年。她受到族人尊重,事迹通过族长、村长、保长、甲长等,层层上报,然后到府里、省里,最后竟然惊动了皇上。要皇上单独为一个节女颁发圣旨立碑,这种事少之又少,可见这个黄氏的事迹有多么非同一般。

黄氏牌坊用的青石,现在看上去有点灰褐色,摸上去有粗糙感。整座牌坊为三间四柱五楼结构,是一个门楼式建筑。重檐歇山顶,明楼正反面都有牌匾,上面镌刻"圣旨"二字,龙门枋正反面均刻"为己次儒重金潮之妻"字样。单额枋正面刻有"彤管流辉",反面刻有"一德完贞"。

牌坊靠着大路,有石基可以坐卧,有石柱可以靠背。估计在以前是一些乡民和路人歇脚的地方,加上牌坊旁边有榆树,因此比较阴凉。不少人喜欢到这里聊天,歇息。坐着,或者斜躺着,可以看白云,听蝉鸣,也可以传播小道消息。

从牌坊顶端龙门枋反面刻有的文字来看,牌坊建于清代乾隆年间。根据文字上记载,牌坊的建立似乎相当隆重,有许多官员参与其中。有朝廷重臣,像太子少保、兵部尚书,有浙江、福建巡抚,有浙江省学政、杭州府正堂,还有水利道、杭嘉湖等官员都有记录在里头,落款是乾隆三十九年。许多字迹已经模糊,但我还是能感受到,黄氏牌坊在当时的崇高地位。有人说,立牌坊的都是大户人家,但从黄氏牌坊里,我无论如何看不出一丝奢华的痕迹,估计金家黄氏也是普通人家,只不过黄氏确确实实感动了世人。于是人们便用这样的方式,表达了对她的尊敬。

二

　　他们说不清楚他们祖先的来历，作为白氏后人，他们觉得有愧。据说他们祖上在南宋时，官做得有点大，后来被奸臣迫害，逃到新登。至于祖先为何姓白，他们也是一头雾水。一个老人说，在遥远的时候，有一天皇帝出巡，他们祖先陪同。在驿站住宿，半夜里皇帝梦见一条白鱼，跟他说话，与他玩耍。第二天皇帝把梦境说给他们祖上听，他们祖上是个机灵人物，把梦境圆得很美，皇帝一高兴，就赐姓白。从此白氏一族开始繁衍，生生不息。

　　故事是人们对远古不明之事，根据想象而臆造出来的一种美好推测。但许多历史遗留下来的东西，无法让人否定。白氏祖上能够留下来的东西，在这里一直传承。但我又有些疑惑，在别的地方我经常能看到的大多就是祠堂一类，而在双联村，却看到了以白氏命名的殿、厅、堂，如此齐全让人不可思议。唯一解释，或许是白氏族人特有的文化传承吧。

　　白家殿，一座普通的土地庙。庙里没有晨钟暮鼓，没有香客僧尼。在所有的寺庙里头，我觉得土地庙最让人可怜同情。几乎全是孤孤单单冷冷清清，庙里也就住着土地公公、土地婆婆，就像如今农村的留守老人。但就是这样的土地菩萨，自始至终地守护着我们的精神家园，我们的肥沃土地，护佑着这方养育我们的美丽山川。

　　白家殿也一样，一条村道穿过白家殿两个拱门。走进庙宇，一边是供奉土地公公和土地婆婆的塑像，从一些燃烧过香火蜡烛的痕迹看，不时地也有人来祭拜。另一边是一个戏台，戏台造型讲究。让人惊叹的是戏台顶，居然是一个鸡笼形状，我不明就里，只能心里暗暗推测，估计是让唱戏时的声音可以散发出去，传得更远一些吧。

从白家殿里挂在墙上的记载来看，该土地庙年份有些久远，始建于梁武帝时期。后被毁，清代康熙年间重新修建。颇为神奇的是，抗日战争期间，周边所有庙宇祠堂都被付之一炬，唯有白家殿幸免于难，得以保存。或许日本人对中国人的祖先不怎么尊重，但对于神灵也有些敬畏吧。

离白家殿不远的地方，白氏族人立了祠堂。大门进去一个天井，然后是正堂，正堂有两层。楼上窗户木格雕花，精美绝伦。正堂名为"光裕堂"，三间开，有些宽敞。

白家厅是白氏族人用来办红白喜丧事情的地方。白氏媳妇嫁入本村，都要在白家厅里拜堂成亲，举行宗族仪式。然后亲戚朋友一起喝酒，一起欢乐，一起祝贺新人。几百年的老规矩，一直沿革至今，到现在还在延续。

至于在白家厅里办丧事，则大有讲究。辈分大小，房头正侧，从哪个门进，哪个门出，都有一系列的规定。在以前山高皇帝远的乡村，这些规则成了乡民自觉遵守的一种约定。这些规则能一直遗传下来，从另一个侧面也反映了这里的人们那种淳朴、善良、敦厚、规矩的性格。

白氏宗祠，是白氏族人祭拜祖先的地方。在古代，白氏族人只有在祭祀或者惩罚某种罪行时，才开祠堂大门。如今只有在清明时，族人祭祖聚会，祭拜祖先完了以后，才能摆上宴席，一起开怀畅饮。白氏宗祠在我看来像极一位年迈的老祖宗，他好像是挂在双联村里的一幅画像，也像是写在双联村历史书上的一部回忆录。白家殿、白家厅，它们没有成为双联村泥土间的化石，却成了双联村的古老雕塑，直到今天，还踯躅在村民家园中间的氛围里，守护着双联村的每一个清晨和黄昏。或许，这就是陶渊明说的"托体同山阿"吧。

三

我一直找不到，他们所说的下马石的确切位置，据说在张家厅门前。所谓"下马石"，就是一块石头，上面刻着皇帝的圣旨。在古代见到皇帝圣旨，如见到皇帝本人一样，必须立刻跪拜。双联村的下马石，上面刻着"扫地君"三个大字。文官路过要落轿，武官经此须下马。因为这是皇帝手书，大小官员经此而过，当然得下马跪拜。

张家厅顾名思义是双联村张家祠堂，因为靠近大路，许多路人都要经过这里。从新登一路而来，要翻过百子岭，路途遥远。在张家厅不远处有一处地方，叫饿死岭。为什么呢？因为这里前不着村，后不着店，路人长途跋涉，到了那岭上，已经饥饿难忍，于是称为饿死岭。但只要坚持，没多久就可以到达张家厅，也就可以歇歇脚，填填饥了。

据说，当初张家祖先也不是什么大官，只是一个皇宫内的扫地清洁工。但他勤勤恳恳，不声不响，把皇宫内打扫得干干净净，清清楚楚。有一回，皇帝最喜欢的小太子在宫内玩耍，一不小心把一泡太子尿尿到他头上。他立马跪下，说，太子童子尿，金贵无比，谢万岁隆恩，谢太子赐尿。皇帝龙颜大悦，走到龙案之上，亲手书写"扫地君"三字，奖励于他，一时传为朝廷佳话。后来，张氏祖先年老体迈，皇帝准许还乡。因为许多朝廷官员都知道这事，所以他就在张家厅门前，立了碑石，把皇帝手谕刻在上面，于是就有了后来的传说。

虽然这个故事值得双联村一带所有人自豪，他们也一代代地把这传说讲了下来，然而，这毕竟是一个扫地清洁工的事情，不像别处有宰相状元，或者尚书工部之类，那么荣耀。于是先人们把一些文官武将的产生，归功于自然山川的缘故，生生地演绎出许多神话，把村子周围的自然现象，归纳为诸如风水之类。

在许多神话传说中，双联村"三塔两无头，清官不到头"的故事很有意思。说的是，新登有三座石塔，分别在三个山头上。不知何时起，三塔只剩下一塔，就是在新登贤明山上的联魁塔了，所以称为"三塔两无头"。而从此，这一带的官员清官也不多，大官也很少了。

那么，另外两座塔去了哪里呢？原来都被天雷劈了。传说在很久很久以前，新登三塔另两座塔分别在如今的双联村、双塔村。在造两塔的时候，工匠师傅把两塔造成了一雌一雄，当地人称为"雌雄双塔"。两塔屹立山峰，受日月精华，四季寒暑，竟然有了人气。再继续修炼了好多年，终于成了精。它们看红尘繁华，慕人间男女之情，没多久相互产生情愫，像凡尘男女一样恩恩爱爱起来。石塔爱情，天地不容。上天知道后，极为震怒，当即派出天兵惩罚。于是天雷滚滚，轰鸣声声，终于劈了两个孽障。从此新登三塔只剩了一塔，另外两塔消失人间。但双塔的故事犹如夜空中的流星，一直在人们脑海里挥之不去。

四

　　双联村有些大，由好些自然村落组成，我能写的只是零零碎碎的一丁点。我相信在每一个自然村落里，都有不少值得挖掘、传扬的历史积淀。据说站在村里的象鼻山和狮子山头，远远看去整个村庄形态美丽，农家相邻，村道交错。我想起在村里那棵榆树下，当时正刮着风，榆树上掉下一片叶子，恰巧从远处也刮来一片叶子，它们在空中遇到一起，像极了一对兄弟，脸贴脸，背对背地落到我跟前。如果，我说的是如果，再回到从前，一个人站在象鼻山或者狮子山的顶上，恰好又是炊烟升起，那么我会看到一幕景象，那家家户户屋顶袅袅升起的炊烟，一定会慢慢靠拢，然后交织、融合。不管双联村的上百口古井，还是村里的千家之姓，到最后都会糅合在一起，成为一个美丽的新农村故事，让后人去传说，去弘扬，去传承。

忽略不了的村庄

我站在一棵枣树前，看着那些青涩的果子，它们在茂密的树叶下无忧无虑生长着。我不知应该是为它们高兴还是悲哀，高兴的是它们不会感知离别的忧伤，悲哀的是它们恐怕已经等不到成熟的那一天。

很明显，这棵枣树也将随着这个村庄的搬迁而消失，或者被砍去，或者被移走。也许是我太多愁善感，枣树和它的果子不像人那样有思维，但它能感受阳光、感受空气、风和水分。即使能感受到种种离别时的惨相，它依然生机勃勃，坦然面对，直到最后一刻。

枣树在村庄的入口处，其实刚来时我已看到。由于我急需了解这个即将搬离的村庄，以及村庄里面的一些东西，所以忽略了它的存在。我想起被忽略的还有村庄里那个最破败的老房子前的水井，刚看到时心里一阵感动。这是一个老井，井水清澈，一只竹竿钩子随意地搁在井里。估计有好几天没人光顾了，孤单单地被冷落在这里，唯一陪伴着它的只有这间老屋。就像一对年迈夫妻，相互依偎，相互扶持。看着这个老井，我心里冒出一个成语：背井离乡。成语的含义恰好符合这个村庄的境况，但这个老井总是背不走的。记得诗人俞心樵写过一句诗"背着家乡的水井离开"，让人读来心里涌上一股浓浓的乡愁。诗句非常吻合这个即将搬迁的村庄，这些即将离开的村民。虽然背不走这个老井，恐怕在以后的日子里，这个老井以及这里的一切，将成为永远抹不去的乡愁了。

有一个镜头我忽略不了，甚至还被定格在脑海里许久：一个老人坐在路旁一间旧房前的石头上，吸着烟，眼睛始终凝视着对面一幢绿树丛中的别墅。我怀着好奇的心情，在他身旁坐了下来，递上一支烟。老人说，心疼啊！刚造了不久的新房子。我顺着他的目光望去，一幢很美的三层小楼，门口道地上花草树木茂盛。煞人风景的是小楼门窗一片狼藉，房前屋后满地碎玻璃。我问，怎么这么多碎玻璃，老人说，有什么用？反正又要造新的房子了。我说，心里滋味难受吧？老人说，是啊！但也是没法子的。我发现他的脸上露出一丝既留恋又释怀的表情来，或者这里的村民都是这种心态吧！

其实这里本来就是一个很容易被人忽略的村庄，几十户人家，一百多号人。虽然有一个让人充满向往的名字——金子坊，但毕竟因为村庄太小，没什么让人记得住的东西。不过，作为世世代代生长于此，劳作于此，息养于此的人们来说，搬迁这个词，太让人感怀。在村里我还看到一对老人，在一间泥墙瓦房前站立许久。我发现泥房大门上方，用泥塑着"山清水秀"四个大字，字迹端正清秀，好像出自一个文化人之手。其中一个老人看到我，回头对我笑笑说，要搬走了，心里有点难过。我知道只是一种故土难离的不舍，是一种自然情感的流露。

离开时，我一直低头思考，思考那些被忽略了的情感，被忽略了的老旧，被忽略了的花草树木。在一座老屋的墙角，我看到一株小小的百日菊开着两朵灿烂的花，旁边有一些被遗弃的杂物。

民乐乡旧事

一

那一年秋天,寒潮来得有些早。亭山上该红的树叶都已经红了,该熟的果子也已经熟了,有些树开始飘下黄叶。山下大源溪依旧汩汩滔滔,川流不息,但溪水看起来更加清澈,更加明亮,让人心情舒畅。

这个早晨,一个个子不高的小青年,匆匆地从大源区政府出发,沿着溪流向南,一直往山里走。小青年背着一支跟他人差不多高的枪,一身衣服似乎肥大了许多,加上腰间扎了牛皮带,看上去极不协调。看得出小青年很开心,一路哼着歌:"解放区的天,是晴朗的天。解放区的人民好喜欢……"

这小青年是区委书记的通讯员,年仅十五岁,从北方刚刚过来。别看他年纪小,他可是个老革命,十来岁就成了地下党的交通员,机智,灵活,敏捷,出色地完成了不少地下交通任务。他沿着大源溪,开始是疾走,后来不知是清澈的溪水吸引了他,还是被亭山秋色感染了,他不时地仰头远望,又低头看水。走路越来越慢，竟然像个玩耍的孩童般嬉戏起来，一点也不像个工作的人了。

他好像忘记了这次来的目的和任务，今天出来是要去一个叫民乐乡的乡政府。他身上还带着一封信函。虽然他不知信函里的内容，但出门时区委书记交代过，这是一封很重要的信函。他走过了一道叫老虎头的山岭，这条山岭是去民乐乡的必经之路。老虎头属民乐乡蒋家门村，蒋家门现如今是赫赫有名的大作家麦家的故乡，麦家曾以此为背景写了好多文字，村庄也随之声名鹊起。老虎头岭上有一棵很大的朴树，树叶也已经开始凋零。朴树长在山岭路旁，路的左边是悬崖，悬崖下是溪流。他停了下来，走到悬崖边伸出头看了看，吐了吐舌头，又看了下大树，然后挽起袖子，爬上了朴树。他站在伸出悬崖边的树枝上，像个美猴王一样，手搭凉棚，双眼向南眺望。他在观望到达目的地还有多远。他看到了四五里光景处那棵硕大的白果树，一阵欣喜。记得来时，书记告诉他，目的地就在一棵高大雄伟的白果树下。

中午时分，小青年终于到达了目的地，本来不用两个小时就可以到达，他几乎走了一个上午。但没人怪他，还很热情地接待了他。他拿出信函递给了领导，领导留他吃了中饭。其间，问了一些区上的事情，小青年把该说的说了，不该说的还是没有说，领导也没问，保密守则大家都懂。

送走通讯员后，领导拆开信函。原来区里土改已经进入关键阶段，每个乡、每个村都开展了轰轰烈烈的土改运动，县里、区里都感到缺少人手，尤其缺少有点文化的年轻人。信函里说，让每个乡里物色一两个优秀青年去区上参与搞土改。领导不敢拖延，马上召集干部开会，确定了人选。

第二天，把确定的人选招来谈话，过后，被选定的人表示愿意积极参加土改。仅仅过了一天，几个青年便意气风发地走向了参与土改的工作，参与了建设国家稳定政权的工作。

这是发生在大源区民乐乡的一个小故事。

二

一个很简陋的乡政府，简陋到我们今天无法想象的地步。政府办公楼是租用的一间民房，有八九十平方米，白墙黑瓦，低矮的门楣旁，挂着"民乐乡政府"的牌子。根据一些历史资料以及几个老人回忆，当初民乐乡政府也就四五个人，乡长孙富全，乡农委主任应富生，副乡长何昱龙，还有乡文书蒋海菊等。这几个干部后来的去向，据当时被调去参与土改的蒋关斌老人回忆，除了蒋海菊后来曾担任过富阳市组织部部长外，其余的干部不得而知。但我们只要知道，当初国家政权初立，就是这些干部付出了他们的全部，才有了我们今天的美好就够了。

那时，就是这四五个干部管理着整个民乐乡的几千人，尽管民乐乡现在看来规模不大。因为刚解放，或许政府觉得规模小一点便于管理。民乐乡政府由现今的蒋家门、吴山、宫前、溪东、稠溪组成，乡政府所在地在宫前村。因为是乡政府的所在地，虽然整个乡级机关只有几个人，但也有些不一样。白天由于工作忙碌，几乎见不到人影，一到傍晚，乡政府门口的简易篮球场上，热闹非凡。许多年轻人跟乡政府机关干部，比赛篮球，身形矫健，朝气蓬勃。这个简易篮球场成了村里唯一的娱乐场所，也是干部和百姓打成一片的地方，直到如今村里人还把那个地方叫作

"篮球场"。

那时民乐乡山多田少,主要以农业为主,经济则靠生产毛竹纸。刚解放时,田里只能种植一季水稻,一季小麦,碰到天气干旱,田里就种植玉米。中华人民共和国成立后,经过改造,到"大跃进"时能够种植两季水稻,一季小麦。所以民乐乡不用缴纳公粮,一直充当自给户。

民乐乡的山上都是密密麻麻的毛竹,聪明的民乐人以削竹办料做元书纸而闻名。元书纸历来出名,史上有"京都状元富阳纸,十件元书中进士"一说。而富阳元书纸,据县志记载,尤推富春江南岸的大源。民乐乡有得天独厚的毛竹资源,所以做元书纸的这一传统沿续多年。据说,当时光宫前村就有九产槽户,主要经营着元书纸、小黄纸的生产。

以农业为主的民乐乡,山固然多,但乡民还得靠辛勤劳作维持着生计,水田按人口来分,似乎也还不错。老人们回忆,按当时的人口,光宫前村就有800多亩水田,平均每人有两亩多,现在看来也已经不少了。

我一直敬佩那些政权建立初期时的干部,就拿民乐乡来说,在这么简陋的乡公所里,仅仅这四五个干部,却把整个民乐乡治理得井然有序,百姓安居乐业。到底是何种因素,让他们有这样的魔力,使得百姓信服,社会安稳?相信他们必定有他们的信仰和使命。

三

小满时节的民乐乡,忙碌了起来。田里小麦黄了,要收割,收割完了还要水稻插秧。人们忙着收割和播种，季节不等人。而山上的竹笋长成了嫩竹，嫩竹是做元书纸的好材料，等竹子老了，就不能做纸，也是抢时间的活。所以这段时间，被民乐乡里人称为"忙功时节"。所有的男人都上了山或下了地，所有的女人在家烧饭，还要带饭上山或者下地，送给那些忙碌的男人吃。为了赶时间，男人们中午一般不回家吃饭，做饭送饭的任务就由女人们来完成。

这个时候，乡干部们也上了山或者下了地。帮着一些缺少劳力或者家里比较困难的乡民，收割播种，削竹办料。他们跟普通乡民没有区别，穿着上山下地的服装、鞋帽。他们清早来到乡民们劳动的地方，腰里系上大手巾，挽起袖子干了起来。吃饭时跟乡民一样吃着村里妇女们送来的饭菜，直到一天干活结束，他们回到乡里。在回来时，还不忘交给那户送饭来的村民，半斤粮票，一两毛钱的伙食费。村民当然不肯接受，但无奈干部们说有纪律，这才勉强收下。

民乐乡的干部在当时跟全国所有的干部一样，过着艰苦的生活。他们的一个月工资价值一百来斤米，粮票30斤，这是级别高一点的干部，低者27斤或28斤。下村工作时略有补贴，但也多不了多少。那时没有交通工具，去县里或者区上开会，都走着去。乡政府机关里也没有电灯、电话，传递文件都靠通讯员走来走去传达。那时或许为了安全起见，通讯员允许带枪，而乡长以下干部则没有这个待遇了。但乡政府里有民兵组织，留有一定的土枪。

民乐乡从1950年成立，到1956年因为撤区并乡而结束，总共不过存在了不长的一段时间，在富阳县大源区政权建立史上，完成了它的历史使命。民乐乡政府后来合并为和平公社，不久乡政府取消，"民乐乡政府"的牌子随之消失。

  驻地在宫前的民乐乡政府，虽然从成立到消失，时间不长，才短短的几年时光，然而，乡政府里发生的故事，一直在东前村的老一辈口中津津乐道。直到现如今，许多人还在回忆，怀念，甚至感叹。

觅迹井田畈

我知道的东前村,早的时候是两个村,一溪东,一宫前。我也知道井田畈,当地人称庆田畈,在溪东跟宫前之间,是一畈良田。老早时,村庄没这么多人,也没这么多的房子,有的也大多是低矮的老房子。人们早出晚归,背着或者挑着干农事的农具,进出自家的门,宁静而安逸,一日三餐炊烟袅袅。在那些作物成熟的季节,沉甸甸的穗子在村庄外面的土地上透着诱人的香味,鸟儿在头顶的树枝间鸣叫,村庄里的人家静悄悄的,而田地里却无比的热闹。井田畈是溪东和宫前两个村庄跳动不息的古老心脏,它一手牵着溪东的衣襟,一手挽着宫前的腰身。双腿站立亭山脚下,任凭历史沧桑,不会迈动半步。

那时东前村外的田野真的是田野,田野里禾苗葱郁,田埂上偶有古树,这些古树像是守护禾苗的老人,坚毅而安详。

井田畈里,一年四季只种两季庄稼,稻子收割了以后种上麦子或者油菜,麦子和油菜收割了以后再种上稻子。稻子需要大量水,一条大源溪横亘村子中央,常年不息汨汨滔滔,养育了村庄里世世代代的人们,稻田更不会缺少水源。油菜跟麦子虽然同样生长在这里，但对于水的需求量不大，它们只要土地里有足够它们需要的水分即可。

许多时候，田地里除了茂盛的庄稼，一些不知名的野草也在田埂上，长得跟庄稼一样旺势。几棵高大的梧桐、朴树耸立在田地边的路旁。这些梧桐和朴树虽然高大繁茂，但不会欺负庄稼。它们的根系深入地下，从来不会与庄稼争夺养分，在它们的树冠下，庄稼安然地生长着。野草在完成了对季节的交代以后，成了庄稼的养料。

东前村村民的生活就像村庄边的溪流一样缓慢悠长，村子里鸡鸭和鸣，牛羊无声，猪狗悠闲。不管太阳什么时候升起，也不问什么时候落山，村庄里白墙黑瓦的屋顶，炊烟按时升腾，村民们该起床就起床，该劳动就劳动，该吃时就吃，该睡时就睡。井田畈里的禾苗，田埂上的野草，就在这样的缓慢和安逸间，发芽，生长，成熟，然后结籽。

一年四季，井田畈传出来的田野气息，从那些弯弯曲曲的田埂，被风吹进村庄。油菜花开了，麦穗的芒针也直直地刺向了天空。稻花香了，蛙鸣昼夜不绝。那些靠农作为生的村民，每一个脚印沾满了厚厚的泥土，在通向井田畈的每一条长满野草的小道上，来来往往穿梭岁月。一代又一代的村民，吃着一季又一季的井田畈里生长出来的作物，在东前这个古朴而悠闲的村落里生息繁衍。

在收割和播种完成以后，井田畈安静了下来。只剩下禾苗和野草无声无息地完成它们自己的事业，一些昆虫为了自己的短暂一生而与另外一些昆虫争斗着。溪水照旧不紧不缓地低声欢唱，风从亭山脚跟吹过，留下温暖或者冷峻。村庄里的人们，

村落旧事·167

有时间串串门，坐下来闲聊了。大多数聊的还是井田畈，这已是一种习惯。似乎井田畈的前世今生，是他们自己生活的一部分。

老人们张合着因掉了牙齿而有些漏风的嘴，脸上被岁月雕刻的皱纹有些夸张。他们说得乏了，就喝一口从井田畈水井里打来的水。据说，井田畈曾有三十多口井。老人们也不知井田畈旁有一条经年不干的溪水，为何还要存在这么多口井。他们从长辈口中，听来了一些远去的故事。或许经过了这些老人们一代代的演绎，这些井的存在，多了合理的依据，尽管这些传说的合理性就值得存疑。

时空穿越到一千多年前的宋朝，那时皇帝昏庸，奸臣当道。民间百姓过着衣不蔽体、食不果腹的凄惨生活。江南睦州人氏方腊率众起义，一路浩浩荡荡，从睦州劈关斩将直攻杭城。方腊之妹方百花更是英姿飒爽，豪气冲天。东前村井田畈的故事，就此拉开了序幕。

估计是在一个春日的下午，一支军队来到东前村。我们以现在的眼光很难推测，这支军队从哪个方向而来。然而，他们来了，他们驻扎了下来。他们安营扎寨，埋锅造饭，似乎跟东前村民毫不相干，一点也没有打搅村民的意思。就在村落旁的野外，那块平坦而开阔的土地上。那时的井田畈大概还是一片荒地，或许比较开阔，又背靠着亭山，水路直通富春江，陆路还可以直达浙东大部，往后走又可以从山路回到睦州。这支队伍的首领是个懂得地形对战争重要性的人，懂得这是一个难得的战略要地。他们整理了土地上的柴火草木，沟沟坎坎，最后这里成了一畈可以屯兵操练的场所。

一位女将站在井田畈东面一条山岭最高处，她威风八面，对着她的军队训话。这条山岭后来被村民称为"看将岭"，这位女将就是后来被人们传颂千年的百花公主方百花。百花公主率领的义军决定将此处作为一个根据地，至少东前村里的许多老人们具有这样的想法，我也这样认为。东前村或者附近村甚至发现了一些有关文物，足以证明这些故事并非空穴来风。义军在井田畈挖了井，有三十余口，说明义军当时的规模相当大。有关方百花驻军东前村井田畈的事迹，附近村的一些地名，有迹可循，比如百花坟头、看将岭、点将台、百花公园、金子坊等，或多或少地跟百花公主的传说挂上了钩。

老人们口中的井田畈三十多口井，已经不剩一口。在那个战天斗地的改田造田运动中，被全部填埋。早些年，在溪东跟宫前之间有一条狭窄的公路，公路下面就是井田畈。站在公路上远望，会让你心胸开阔，思绪悠悠。公路旁临近水田边，一棵高大的梧桐树傲然挺立。老人们经过树下几乎都会驻足而望，嘴里嘟哝一句"凤凰非梧桐而不居"。在他们心里，或许有着某种强烈的企盼，那种对乡土的眷恋厚爱，都寄托在这种信仰之中了。

方腊起义军最后兵败杭州，方百花自然也不能逃过，这支驻扎在东前村井田畈的部队，后来的结局不得而知。井田畈这一片田野，却因为有这些消逝了的事情，而让人津津乐道，代代相传。

在早先的东前村井田畈，一棵草可以放心地长到枯萎老去，一棵树也不必担心自己长错了位置，只要不生长在庄稼必须生长的地方就好。庄稼和草木按各自生存的方式，长在同一块土地里。一些鸟可以在树上做窝，可以去田野里捉虫吃，在庄稼成熟时啄几粒种子，村民也睁一眼闭一眼。人们日出而来，日落而走，他们已经跟这一块土地成为一体。不管在这块土地上发生任何事情，井田畈依旧是他们经久不息的话题。这里每一个人与自然的故事都将一代代流传，就像流经村中的溪流一样绵延不绝。

Chapter
5

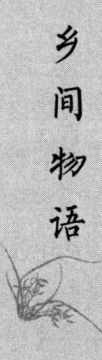

乡间物语

故乡茶韵

我喜欢喝茶,且喜欢喝绿茶。觉得绿茶纯天然,很少有人为的成分在里头。其他的茶,像红茶、黑茶等都是经过加工发酵许多道工序而成,虽然我也不否认它们的益处,但总以为不是很自然的了。在林林总总的茶品种之中,有许多声名远扬的显赫茶类,比如龙井、猴魁、碧螺春、大红袍等等,喝着感觉有些奢侈,再加上现在的浮华世间,喝茶似乎也难感觉出一种高雅来了。

我一直喜欢喝老家山里的野生茶。那茶现在已经很少了。那是一种没有经过人工培养的茶树,那些叶片也是自生自长。再加上老家山里的山泉甘甜无比,用老家的山泉泡老家的野山茶,那份感觉我真的无法形容。

老家一直不缺茶,竹林、树间、草丛,随处可见一蓬蓬青葱碧绿的茶树。茶树长得不成规律,东一簇西一棵,满山遍野都有。家乡人采茶不挑时节,除了秋冬。初秋也是可以采的,那是秋茶,汁水有些浓,炒出来的茶叶,喝着有些苦涩,但比较解渴,山里人喜欢喝。砍柴砟竹或者山上干活下来,一通牛饮,那个畅快劲,别提有多美。

老家人的茶道似乎更加讲究礼仪些。有客人来，主人便会拿出春上早些时候采的茶叶，那是一二片毛叶的细芽，唤作"谷粒芽"的茶叶。没有玻璃杯什么的，只用小瓷碗泡。拿出精心收藏，用毛竹浆制作的元书纸包裹起来的茶叶，小心又很吝啬地倒入一些于小瓷碗中。开水是早就在大灶台的铁锅里烧好了的山泉，拿起也是用毛竹做的勺子，舀一勺冲入小瓷碗里。看着碗里开水和着茶叶片从翻腾到平静，再到叶片慢慢张开，仿佛看着一个个绿色精灵的苏醒。然后是客人的陶醉，欣赏，赞叹。

年轻时喝茶喜欢牛饮，就是大口大口地喝，解渴，爽气。早上出工前，家人烧好开水，用一个陶瓷做的绛紫色大钵头，放入晚春或初秋采来的茶叶，把开水倒入钵头，再盖上一个通气的盖，摆在八仙桌的上面。中午或傍晚劳动回来，顾不上洗手洗脸，捧起钵头，咕咕咚咚地喝了起来。喝完以后再长长地嘘一口气，一股清凉从嘴里到达喉咙，再坠入腹中，最后沉入丹田。那种由内而外的凉爽，使人眯眼欲醉，飘飘欲仙。

原先只知道老家的炒青，那是老家山里人，用一天时间采集来的青叶。经过挑选，捡剔，然后放入烧得通红的铁锅里，快速翻动，再拿出，趁还没降温时，揉团，杀青，然后摊开冷却。待完全冷却后，又放入铁锅中用文火慢慢翻炒，直到铁锅边沾满白毛，再用手指捻下锅里的茶叶，看叶片碎成粉了，说明茶叶干了，炒茶完成。炒完一斤干茶，要好几个小时，辛苦自不待说。

很久以后，才知道茶叶有许多品种，有绿茶、红茶、黑茶，还有其他各类茶。而且还有许多写茶的书，有许多文学家，对茶或研究，或喜爱，或诗，或词，或文。有的茶因人而名，有的茶因诗而立，有的茶因文而扬。但故乡富阳似乎没有太出名的茶，也许离杭州太近的缘故，因为杭州龙井茶名声太盛。曾经有个叫"拔山"的茶，名噪一时，但终究因离龙井村不远，还是冷落下来。这几年有个安顶云雾茶，各方炒得有些热度，但愿会成为一方名茶。

走向荒芜的故乡

忽然感觉我的故乡很孤独。

村庄很小,一直以来窝在大山之中。许多年、许多年用一条小路与外面世界保持着弯弯曲曲的联系,其余的路不是通向更深大山之中的小村落,就是通向它自己。

走上这条小路,我就明白我来到了我的故乡。这地方总在我的一辈子里等着,但我来与不来它都不会在乎。

人生就这样短暂,一晃就不见了。就像我走出故乡,走完这条小路一样,一眨眼走到了头。回头觉得一辈子是多么的匆促,又让人感觉是多么的具体。

如果我再不回来,如果我永远地走了,从这条小路,从我的老屋,从满山的竹林,从这个村庄,那么我就能遗忘那些简陋,那些猥琐,那些小气,那些善良,那些真诚。

我站在一座坍塌的老房子前,几只鸟在长满瓦松的屋顶鸣叫,发出悦耳的声音。我不明白它们为什么这么开心,难道鸟儿在嘲笑我的伤心?然而我不懂鸟语,我听不懂鸟说的话。

这是一座挺气派的台门,大概坍塌有好几年了。天井里长满了苔藓和青草，屋顶的大木梁已经被蛀虫雕刻成另一种落寞的艺术。墙角石板之间，一群蚂蚁正在进行着它们的事业。似乎所有的东西在反复轮回，除了时间，没有什么是永恒。房屋坍塌了，变成泥土，然后生长草木，繁衍另一些生物。于是时间再也没有时间，永恒再也没有永恒。

讲实话，一直以来我就不喜欢我的故乡。我不希望长久地在这里生活下去，我讨厌村庄里的每一间房子，都是这样小小的窗，窄窄的门，低矮的屋檐。我很无奈出生在这个地方，我认为我会永久地生活在这里。在我生活了几十年后，发现许多人跟我一样。我认为永远不会改变的东西，发生了变故，而且变得剧烈。

那一年修路的时候，村里人曾经想着这是百年大计、功德无量。因为想到子子孙孙都要走在这条路上，路修得平坦、宽敞、结实。拖拉机、卡车，甚至小包车都开进了村庄。这下放心了，村里人对生活充满了憧憬。

我觉得自己在这里会生活得更长久，尽管心里不喜欢。那时我年轻有力，觉得可以尝试着改变。我觉得我可以幸福地活着，在这个山村，在这个我不喜欢的故乡。

可是，我发现村庄虽然有些改变，人却越来越少。年轻的离开村庄去了外面闯世界，年老的走的走，那些走不动的只能整日坐在家门口，眯着眼睛晒太阳。我心里常常想：我是不是在这个地方生活得太久了，这个村庄已经厌烦我了，或者是我厌烦它了，我的不喜欢一下子又复活了。我觉得我也该挪挪身，换一个生活的方式了。

我的离开是在父母走了以后。父母给我留下了一间低矮的木房子，那间高一点的人进门要低头的木房子。这间房子朝南坐北，整个墙体凹进凸出，石灰粉刷的墙面已经斑驳脱落，屋顶瓦片也已经零落不堪。我曾经想着要拆掉重新修建一座新房子，但又觉得我总得离开，因为一直有个不喜欢的心结。

我老房子后面有两棵大树，一棵是银杏，另一棵也是银杏。树是邻居一对老夫妻的，据说是他们爷爷的爷爷种植的。秋天一到，我的房子屋顶便满是金黄。但春天雨季，屋顶由于树叶腐烂，堵塞了瓦缝，家里经常漏雨。房子不想修建，银杏又砍不掉。我的心里憋屈着，又拿人家没法子。人们说：树挪死，人挪活。离开了，我认定新地方成了我的家。

一个人心中的家，似乎并不是仅仅有一间房子就可以。我所做的梦几乎都是在老房子里，我常常在梦里看到一些老人。他们佝偻着身躯，露着真诚的笑容。我发觉自己潜意识里总是深陷于那些陈旧、荒芜、偏僻，却又宽厚、淳朴、善良的记忆里，甚至那些鸡鸣狗吠、花鸟鱼虫，都会进入我的梦里。

这样想着，我会情不自禁地去故乡看看，去村庄走走。老房子又坍塌了好几间，人又离开了好几拨。曾经同我一起生活过的许多生命，包括动物、植物，我不知道还剩多少。我记起了许多村庄的载体，随便触碰一下，都有一段鲜活的故事。

我觉得我的故乡离我越来越远，我不知道我的生命过程中，还能否再回来，但我知道我的灵魂从来没有离开过。尽管我内心对故乡充满不喜欢，尽管荒芜将伴随村庄，我知道我的心却早已经被埋葬在了我的老房子地下。

父亲、竹林和大雪

刚分山到户后不久，有一年，具体哪一年我已经记不清，冬天来得有些早。父亲老早就趁空把竹林地翻好，父亲说，七月翻金，八月翻银，九铜十铁。那年竹林是大年，生笋。生笋的年份，要把竹林里的土翻一遍，一来给竹林松松土，二来把竹林里的杂草翻到泥土下面让它成肥。七八月份杂草还茂盛，翻在土中变成肥料效果会好一些，对冬笋的成长十分有利，而九、十月份以后，杂草已经枯萎，相对来说变成肥料的成分要差一些，所以有父亲说的那个谚语。

自从竹林分给了每户人家以后，父亲大部分时间都花在了竹林。老家山多田少，家里的收入几乎全部靠这片竹林。父亲不识字，在扫盲识字班中勉强学会了自己的名字，但竹林里每一株毛竹上，父亲都写上自己的名字，字体圆润顺畅，刚劲有力。父亲还在每一株毛竹上写明这株竹子的出生年份，又给每一株竹子编上号。这样一来，每一年长了几株毛竹，每一株毛竹有几年了，都在他心中清清楚楚。父亲把所有情感都倾注在了这片竹林，竹林似乎也对父亲报以回馈，每当竹林大年的春天，竹笋长得特别好。父亲对我说,毛竹有灵性,你看每一株竹子,弯着腰低着头,都谦卑啊!

那个冬天,太阳一直挂在蓝天,人们感觉温暖。阳光下,人们懒散地享受着舒适的时光。父亲每天要去竹林,回来时眉头总是紧锁。这天不下雨,让人发愁啊!正是竹笋发芽时节,没雨水怎么办?直到冬至,天还是没有一丝云,太阳依旧温暖。父亲说,干净冬至邋遢年啊!过年前后恐怕要有雨雪,于是又担心起来。人们说,你担心什么啊?父亲说,这天公一定会下雪,而且是一场大雪,我担心那片竹林啊!

冬至过后没几天,每天早上都起雾,都是大雾,看不清几十米远的地方。一些小鸟,一群群地飞来飞去,在找枯草做温暖的窝,或者找些食物准备过冬。父亲看看天,瞧着那些小鸟,说,夏雾日头冬雾雪,小鸟都知道要做好下雪的准备了。这些天,父亲去竹林更勤了,但每次回来依旧紧锁眉头,闷声不响。

终于有一天,那雾不再散去,天空一直阴阴的,让人发怵。下午开始北风一阵阵地紧,临近傍晚,屋顶瓦片上响起淅沥沙拉的声音,下起了雪珠子。山里天黑得快,晚饭吃得早,不到黄昏村里人几乎都上楼睡觉。黄昏时分,父亲问母亲,不知那雪下得怎样了,母亲推开木窗门,瞧了一下,说,地上有些白了。父亲有些不安起来,说,这是下大雪的前奏,雪珠子打底,雪才下得厚。

黄昏过后,四周似乎安静起来,瓦片上也不再有声响。所有的一切都沉睡过去,时间仿佛静止了一般,只有父亲一直睡不着,不时地推开窗户观望。母亲说,别看了,睡吧!你又不能阻止老天。父亲叹了口气说,外面鹅毛大的雪花啊!然后回头睡

乡间物语・179

下，不再发声。

半夜时分，不，应该是快要天亮，突然一声"噼啪"的爆竹声，在天宇间响起，声音清脆响亮。接下来又一声"噼啪"，睡梦中的人们被惊醒。"谁家放爆竹？"母亲迷糊着问道。父亲一下子从床上坐起，一脸凄苦的样子。紧接着一声又一声的噼啪声从山间竹林传来，响彻整个乡间。每一次"噼啪"，都让父亲心头一揪，眉头一锁。

天亮的时候，人们打开家门，天地间一片洁白。人们纷纷打扫自家门前屋后、屋顶堂前的厚雪，唯独不见父亲。疑惑间，父亲愁苦着脸步履蹒跚地回了家。一见邻舍都在扫雪，第一句话就是，完了，山上的毛竹几乎都被大雪压得折断了。说完眼睛里闪着泪花，我第一次看到父亲哭了。

俗话说，瑞雪兆丰年。本来下雪是一件让人开心的事情，可那一年，我们怎么也高兴不起来。那竹林，人们苦心经营的希望，被一场大雪毁灭。

幸好，过年了，经过这场大雪，天又放晴了，太阳依旧在蓝天上给人送来温暖。人们似乎被过年的气氛冲淡了忧愁，用母亲的话来说，明年，明年再说吧！咱先把这个年过好。

石菖蒲

曾经傻傻地问父亲，石葱箵头为什么总在溪水边的石头上茂盛，而不去田野、山坡上生长。父亲说，它们爱干净，又喜欢水。那又为什么总是愿意跟青苔待在一起？父亲说，青苔是它们的父母，不跟父母待一起，能去哪里。想想父亲的话有些道理。年少时，疑问真多。

石葱箵头，老家人就这么叫，名字老土，就像个傻帽。一直到后来，我才知道它的学名叫石菖蒲。原来植物也有小名，跟我们人一样。叫着小名好养，长得壮，老家的石菖蒲被叫作石葱箵头，固然长得茂盛。溪边、水坑旁，随处可见一丛丛，一簇簇，陪着清泉，附着青苔，潇潇洒洒，悠悠闲闲地无忧无虑生长着。从来不会因为春来了而繁盛，秋去了而凋零，酷热和严寒似乎都阻止不了它的从容。

打小时候起，觉得石葱箵头，除了好看一点用处也没有，一年四季就知道葱茏。有一回，我上山砍柴，一不小心扭了脚腕，疼得我死去活来，医生开的药一点不管用。隔壁阿木叔，一个乡村草头郎中，跟父亲要好。他看我疼得龇牙咧嘴的样子，不忍。

去溪坑边挖来石葱箬头，又从小溪里翻来石蟹。把这两种溪流中生活得好好的植物和动物和在一起，在一个小石臼里捣烂。然后，拿出来敷在我的脚腕红肿处，一阵透心的凉，直直地钻进皮肉，深入骨骼受伤处。立时，疼痛减缓，舒畅无比。好家伙，原来看不起眼的石葱箬头，还是济世良药。真小瞧了它。它的四季茂盛，它的鄙视寒暑，当真有它骄傲的理由。

因为有了那次伤了脚腕的经历，我对石葱箬头有了偏爱。老家山野、溪边有许多植物，这些植物或叶茂，或花艳，或枝挺，或秆壮，但无论如何比不过那依偎在溪流边石头上的石葱箬头，横看竖看就数它最漂亮可爱。

读高中后，我开始不叫它的土名了。我根据书上读到的知识，开始叫它的学名——石菖蒲，我才真正了解到它的好处和魅力。明朝时，有个叫孙作的人，写了个《石菖蒲赞》，说它"不汶汶于风尘，不矫矫于霜雪。岂其与道逍遥，故能坚齿发而寿岁月也耶"，对于石菖蒲来说，遇见风尘、霜雪，也就呵呵一笑罢了。这么好的心态，怪不得常年青葱，"坚齿发而寿岁月"了。我觉得我得尊重它，不能再叫它石葱箬头，这么土得傻帽的名称了，于是我理直气壮地叫它石菖蒲，也不怕老家人说我书卷气、书呆子。

我喜欢上了写作，据村里人讲是个文人了。文人爱菖蒲，源于清苦，有人这样说，但我觉得一点也不清苦，菖蒲也不清苦。而文人爱菖蒲大概是个通病，或许是受到大文豪苏东坡的影响。苏东坡的《石菖蒲赞》，几乎把石菖蒲的习性、功效、形态、性格都赞了个遍，通篇文字充满了对石菖蒲的怜爱赞美之情。以至于后来的作家、诗人、画家、书法家、歌者、舞者，无不对石菖蒲宠爱有加，有些文人以养石菖蒲为嗜好。

我想写一点关于石菖蒲的文字，可就是写不出来。我怕我的文字会玷污了石菖蒲的清誉，又怕写出来不三不四，被人嘲笑，索性不去想它，等待哪一天灵感忽发。

离开老家有些年头，每次回去，村后溪里看石菖蒲，是个必修课。看到它们还是这样不分酷热严寒，郁郁葱葱快快乐乐地生长着，真希望永远不会被打搅。让它们永远与溪流为伴，与青苔相依。我觉得我在回老家时，还是应该亲亲切切地叫它一声"石葱箭头"。

茶 思

记得茶树开花是在冬天，白的瓣，黄的蕊，在叶片跟枝干间灿烂。蝴蝶似乎没有。蜜蜂不多，但也有个别嗡嗡叫着孤独地采着蜜。茶地间空气清朗，花朵散发淡淡芳香，满眼翠绿。

花谢以后，茶树上长出一颗颗青色的果子，我们叫茶果。茶果不能吃，纯粹是茶叶树的种子。茶果皮很厚，里面包裹着一种液体，透明、清澈。据说茶能明目，老家人用茶果水洗眼睛。尤其是一些小孩，在干燥的冬天，玩耍在茶叶地，经常会摘些茶果，剥开，把果子里面的液体直接倒入眼睛，还真有一种舒服的味道。

我老家没有大的茶园，有的也只是零星的茶叶地。许多时候老家人去野山上采。山很高很陡，往往清早出发，要到傍晚回家。运气好采来十来斤青叶，运气不好山爬得多，还采不到几斤青叶。回到家匆忙吃些晚饭，开始炒茶。老家人几乎人人都会炒茶叶，但炒出来的茶叶没有市场上卖的漂亮精致。包装也很简单，用竹浆纸裹着，外面一根草丝一扎，放在干燥之处。因为在山里，时令来得迟，所以山上茶叶几乎都要在清明过后才能采摘。在这段时间，农活不多，老家人几乎都上山去寻找茶叶。有些人家采得多，炒得也多，一时吃不了，又舍不得送人。再加上炒功粗糙，卖相不好，于是只能自家保存。老家山里竹子多，几乎每户人家要做竹浆纸，生产竹浆纸要石灰腌料，因此家里都备有石灰。保存茶叶最要紧的是防潮，石灰就是最好的防潮剂，茶叶多的人家，就把用竹浆纸包裹的茶叶，放进石灰缸里。哪怕到了来年，取出来泡茶，还像新茶一样，味道纯真。

我一直爱茶，至于为什么爱，却说不出一个所以然。老家有句谚语，说茶叶是"火里赴死，水里复生"。想想这谚语透着哲理。春来，茶叶冒出尖尖嫩芽，还来不及品味山间美妙，便被掐来。这些鲜嫩得让人心疼的叶芽，像一个个鲜活的精灵，处处显现着生命的色彩。然后到了被烧红的锅里，跳跃、翻滚，慢慢失去青春颜色，枯萎、干涸。好像在显示什么，尽管容颜尽失，但那淡淡的清香始终存在，永不凋谢。茶叶像是被火封冻了起来，一遇上水，就像碰到了那种炽热的感情，于是在水的一番番温情的表白之下，干涸的叶片开始复苏，在水的怀抱里伸展，在喝茶人的窥视下沉浮、跳舞。

我总爱感动，就像喝茶，许多时候我关注的是叶片在沸水里伸展、游荡，而对于茶的香味和茶水味道，反而不那么关注。我的思绪经常随着茶的叶片从生鲜到枯萎，从干涸到鲜活而波动。似乎这是一个从生到死，又从死到复生的轮回。对于茶叶而言，生和死已经不再重要，重要的是能否留下一丝清香。哪怕是一缕淡淡的香，也足以让人回味久远，就像那些永恒的友情，平淡而专注。

我依旧爱茶，我爱所有品种的茶，但我更爱老家的野山茶。

我喜欢老家那些土得掉渣的野茶，我也喜欢看老家茶地上的有些乱糟糟的茶树。每次回到老家我都会去老家的茶叶地，春天我会装模作样地掐几片嫩叶，在用了煤气的锅里翻炒，然后泡水，眯眼品尝，让人一看就知道很假。冬日，在有暖阳的日子，我到老家还是会去茶叶地，看茶树开花，也会像孩童时一样，摘几个茶果，剥开，把里面的液水滴入眼睛，享受眼帘的舒畅。

或许，我也已经成了书上描述的小资，网上不是已经有人在说了吗，乡愁其实是一种小资情调。

祖　坟

我从小没见过爷爷奶奶。爷爷以及爷爷辈的祖上，我一个都没印象。唯一心中有点印象的奶奶，也是从父亲描述中得到的形象，还非常模糊。每年清明我们要上的祖坟，就只有奶奶一座。其他的祖先葬于何处，我们不得而知，包括我爷爷的坟茔在哪里，甚至父亲也说不出来。

想象中奶奶是一个很坚强的人，但又是一个慈祥和蔼的老人。我常常想象着奶奶扭着小脚，颤颤地从我家的木头楼梯上，磨蹭着走来。她走一步喘口气，她的气息仿佛吹到我脸上。她抚摸着我的头，爱怜地看着我，目光温柔而慈祥。我虽然没见过我的奶奶，我相信奶奶一定是世上最好的奶奶。

奶奶的坟葬在后山一个叫作乌龟凸的山梁上，山梁很长，左右两边是两个浅浅的山湾。站在坟墓正面眺望，视野开阔，极目远眺，远处一条平直的山脊横躺着。坟墓左右山湾边又是两道矮矮的山梁，就像两个椅子扶手，真是好风水。据父亲说，这是当年奶奶自己挑选的地方。父亲说奶奶下葬于此后，他娶了母亲，再生下了我们三兄妹，日子一直过得平坦，安安稳稳地幸福着。

因为不知道我们的祖坟葬于何处,父亲又没有兄弟姐妹,连堂兄堂妹也并无一个,所以父亲一生都在苦心看护着奶奶的坟。坟墓虽然是泥土垒成,没有一丝水泥痕迹,但比较精致且周围非常幽静。四周种着八棵高大的石楠树,石楠树叶片肥厚,四季常绿。只有在春天勃发新绿时,嫩叶显得鲜红,老叶却愈发葱绿。清明时节,我们最喜欢去奶奶墓旁,给她上坟。估计这是奶奶最开心的时候,父亲带着我们兄妹几个,还有我的母亲一起来到她的坟前。父亲絮絮叨叨地向她汇报家里的一切,虔诚地请她保佑,耐心地给她烧纸钱。在一阵热闹的鞭炮声中,我们最后告别奶奶。直到山脚我们回头看时,坟头上白幡飘逸,恰似奶奶眯着眼睛向我们挥手。

父亲一直说他死后一定要陪在他母亲身旁,尤其是他知道自己得了病以后的那段日子。他不停地唠叨,说他死后要葬在奶奶的墓旁。在他离开人世前的一个月,他拖着被病魔折磨得很虚弱的身体,坚持要我们带着去看奶奶的坟墓。他对着奶奶的坟墓,喃喃自语,说着让人听不懂的一些话。也许他在跟他母亲交流,也许他想早点回到他母亲身旁。不久父亲离去,我们便依着他的要求,将父亲葬在奶奶坟墓的右手边。从此父亲跟奶奶这对母子,便可以永久相依。

父亲离开后的第二年清明,我们兄弟姐妹便带儿携女,一起去上祖坟。我们依据父亲在世时的吩咐,必须先上奶奶的坟,然后再给父亲上坟。

父亲去世后的第三年,母亲也得了重病。在估计自己将不久于人世时,母亲做出了一个反常的决定,她说不愿意去父亲的墓地。问之,说那里山太高,怕几个孙孙爬山太累。她死了就在屋后自留地上下葬，这样孙子孙女们来上坟既方便也不累。还说，奶奶有了她儿子的陪伴，想来也不会寂寞，至于她自己，只要儿孙们开心也就放心了。这就是我的母亲，一生都在为我们操劳的母亲，连死了都在为儿孙考虑。

　　我自始至终都在感动，每当去父母和奶奶的坟前，总是泪流满面。奶奶为了后代的平安，选了一个平安坟的风水；母亲宠爱儿孙，选择死后葬于老屋附近；而父亲为了慰藉奶奶的孤寂，死后也要陪伴他的母亲。

　　现在，我们兄弟姐妹为了显示对奶奶、父母的孝，我们用水泥砖块，把坟墓做得高大威严，坟墓的前面也用水泥浇成一块很大的道地，似乎只有这样才能对得起他们，上坟时那种肃穆悲戚的样子，好像我们很对不起他们的离去。其实我们何尝不明白，我们的父母，奶奶，还有那些我们不知道在何处的祖先们，他们即便离去也难以断绝对儿孙、对亲人的那份深深的爱。

爱的羁绊

> 死者生存在活人的记忆上。
>
> ——美忒林克

一

父亲被查出得了结肠癌，是在那个秋天。

似乎是在为父亲悲哀，这个秋天冷得有些早。落叶已经飘零，霜在好几个早晨落白。秋风一阵紧一阵，看来秋后初冬马上要下雪的样子。

母亲得到消息，没有惊慌，说："我知道这一天快要来临，但没想到这么快。"我们不解，问她缘由，母亲说："几天前你父亲的魂就出了，你们忘了那日半夜里的事？"我们恍然大悟，原来母亲是说那日父亲月夜除草的事情。

那天晚上，我们睡得早，因为是个山村，本来人不多，一过黄昏家家都关门上楼。在酣睡间，忽听母亲敲门。说父亲不见了，黄昏时起来解手，一直到现在都没回来。这下把我们吓个半死,赶快起来四处寻找。找遍整个村落,都不见身影。还是母亲细心,发现父亲每日用来擦汗的大手巾不在,就去门角旮旯看,锄头也不见。母亲断定,父亲去了田头。

子夜的月亮,有些惨白,冷冷地照着山川、竹林、田野。整个四周静得使人发慌,只有不远处小溪的水流哗哗作响,声音清脆,犹如一把优雅的琴奏出忧伤的旋律。还是母亲眼尖,发现了父亲身影。在那条溪边的田埂上,一个苍老的佝偻着的身影,月光下一起一伏地除着草。

在我们的埋怨声中,父亲笑笑说:"我以为天亮了。"谁知道如今父亲,癌症已经到了晚期。

父亲住了两个多月院,当知道自己的病情以后,坚持一定要回家。说,快回家,不要死在医院。

父亲临死前的一个晚上,发生了一件灵异的事情。也是在半夜,母亲因为我们白天要工作,晚上基本不让我们陪侍得很晚。父亲这时已经油尽灯枯,几乎不能动弹。那个子夜,忽然坐起,竟然开口说起一口流利普通话:"你的儿女呢?怎么不来相陪?"把母亲唬得说不出话。"快去叫你儿女来,我有话说。"母亲慌忙叫醒我们。待得我们来到,父亲说:"我是观音菩萨,来救你们父亲。"看到我嫂子站在前面,问:"你有几朵花?"看嫂子不解,母亲说,就是问你有几个女儿。待嫂子说有两个女儿时,父亲大笑:"哈哈,好好……"说罢,一下子倒下,从此再也没有起来。

父亲已经走了好多年,那月夜除草和临死前的观音附身,一直是我们谈论的话题。还是母亲说得透彻,月夜除草那是父亲勤劳的缘故,至于观音显身,那是父亲本身的一种求生欲望而已,有谁不希望在临死时有神灵来相救?

二

岳母得病以后经不住劝说，信了耶稣。

岳母得的也是癌症，起初只是觉得肚子疼，去一些小医院，说是胃疼，配点消炎药吃吃。岳母身体一直强壮，开始不信什么神佛，总是说，人啊，老天安排好的，生与死都不必太在意。

直到去邵逸夫医院检查，查出得了癌症，且已经晚期，就死活不要住院。我们知道她是怕花钱，怕给我们几个子女增添负担。她知道自己时日不多，与其让我们花很多钱，不如回家来，让我们多陪陪她。道理简单，可我们做儿女的又怎么忍心。无奈岳母坚持要回，我们只得依她。

开始时，岳母还好，我们轮流陪着晒晒太阳，做些好吃的给她。她也不时露出笑容，跟她的孙子外孙说说笑话。后来随着时间推移，她的病越来越重，身体里的疼痛，越发厉害。我们每天让她吃止疼药，还是止不住她的痛。

邻居陈阿姨是个虔诚的基督徒，信耶稣有些年头了。每天晚上来看她，陪她说话，劝她信耶稣试试看，说，信了耶稣上帝会保佑，至少会减轻痛楚。起初岳母不信，包括我们都不信。陈阿姨天天来，过了几天还带了几个姐妹一起，送来了好吃的，还送了一些钱。她们唱着赞美歌，抚摸着岳母疼痛的部位。渐渐地岳母竟然认可了她们的陪伴，也认可了耶稣。

岳母也学会了唱赞美歌，还要我们也学唱赞美歌。我们不忍拂了她的心意，也唱起了赞美歌。岳母脸上露出了自从得病以来难得的笑容。岳母说，现在她巴不得快点去天堂，天堂多美呀。

岳母在临死前一个月，天一直下雨或者下雪，给本来就已经烦闷的我们更加增添了烦闷。岳母很安详，总是劝我们开心点，那些耶稣姐妹们还是风雨无阻地来祷告，唱歌，安慰。

那个早上，我忽然发现天上出现了一线阳光，赶紧来到岳母床前。也是奇怪，那缕阳光刚好从窗口照到岳母床头。岳母眼睛放出少见的光，伸手紧紧拉住我的手，想要说什么话。最后眼睛盯着那缕阳光，松开了握着我的手，最终说不出一个字。

岳母走了，儿女们很悲痛。但我知道，岳母其实走时很欣慰，她是去的天堂。

三

对于母亲的死，我很内疚。母亲本来可以活得更长久些，是我们太大意了。以为母亲的病不要紧，没什么大事。

从发现母亲得病到母亲离去，仅仅一个星期。真的太快了，快得让我们束手无策，快得让我们来不及尽孝。母亲真是走得太匆忙了，以至于我们至今都不能原谅自己。

起初，母亲身体发黄。母亲老是说浑身无力，拖脚不动，我们没在意。直到那一天，母亲终于倒下，我们送去医院，医院说，不行了，太晚了，是爆发性肝癌，已经回天无力。

母亲一生知趣，很少求人。即使有病在身，也是自己能做的事都自己做，凡事放心里，能忍则忍，或许正是这性格害了她自己。但不管怎么说，我们都有逃脱不了的责任。

母亲死前的晚上，是我陪侍着。记得那晚母亲还能跟我说几句话，虽然声音已经很小，也还会对着我笑。快天亮时，母亲轻声对我说，去睡吧，我还不要紧。我听她话，就去睡了。

天亮时，母亲房里传来嫂子的声音，说母亲快不行了，大小便都在楼板上，母亲斜倒在床沿边。我大吃一惊，赶快过去，只见母亲紧闭着眼睛，嘴巴大口大口只有出的气没有进的气。中午时分，母亲走了。走得那样急促，走得那样匆忙。

母亲离开很久了，我总是不能释怀。那个晚上我为什么要听母亲的话，要去睡？我为什么不能在最后时刻陪伴母亲？母亲，你总是那样爱惜关心你的子女，哪怕儿女有一丝丝的倦怠。

我知道母亲是个无神论者，她生前一直不信神佛。她总认为人死后什么都不存在了，更不要说有灵魂。但我还是希望有灵魂存在，希望母亲的灵魂安好。我还知道，假如真的有灵魂存在，母亲一定会原谅我们，原谅我们的不孝。

三笋巡按

每次回老家,我都要去"赤膊党"阿华家里坐坐。阿华跟我从小一起长大,一起念书,从小学到初中。后来我考上了高中,他没上高中,留在了老家。再后来,我去当兵,他还是留在老家。他的一生似乎注定就在老家,在老家那座山里,在老家那一片无边无际的竹林里。

阿华从小有一种特殊的本领,应该说是一种与生俱来的天分,那就是挖笋。或许是因为阿华家就在竹林里的缘故,出门进门都要经过这片竹林,据阿华自己说,他只要走过一趟,就知道脚底下有没有笋。曾经有一回我不信,说,我跟着你走,如果有笋,你说一下。他说,好。果然,我们刚走出他家没多远,只见他轻微用脚尖点了几下,说,这里挖下去包你有笋。我拿起锄头,挖了下去,由于用力过猛,一下子被我挖破一片笋壳来。真的神奇,我竖起拇指说,你的脚可以去撬地雷了。他憨厚地笑笑,说,所以你如果要吃笋,以后就多来我家走走。

阿华在老家被戏称为三笋(省)巡按。在戏文里,巡按大人是皇帝亲自委任的大官,有生杀大权,往往出得京城便是没有管束，戏文里的坏人怕得要命。但老家人给阿华封的这个"巡按大人"，有些戏谑的成分，又有些夸奖的成分。"三笋"在老家一般指的是春笋、鞭笋、冬笋。春笋一般大家都知道，有句话说得好："雨后春笋，茁壮成长。"春笋听雷冒头，见雨疯长，似乎所有人都会挖春笋。其实也不尽然，在老家最好吃的春笋是黄泥毛笋，被称为"黄须头"，一株上好的黄须头，笋尖上的须色泽金黄，笋壳紫红色，剥去笋壳，肉色洁白如玉，烧出来的味道自然不一般。挖一株好的黄须头可不简单，一般人很难挖得到，但对阿华来说小事一桩。春笋过后，天渐渐热了起来，那些长得有些高的竹笋，也放出枝丫，长出叶片。没多久新竹成林，郁郁葱葱起来。这时毛竹林就开始发起鞭来，就是要长根了。于是这片竹林的地下一片忙碌，竹根的嫩芽随着雨水的滋润，长得很快。这长得很快的长长的嫩芽，就是鞭笋。鞭笋很鲜，是笋里头最鲜的，用鞭笋来烧汤那当真是美味无比，在炎炎夏日里，喝上一碗如此鲜汤，所有的燥热和烦恼都随风而去，唯一剩下的就只有心情的舒畅了。

老家的竹林一般分为大年和小年，大年有笋，小年无笋或者笋比较少。大小年的区分很容易明白，如果这片竹林今年长春笋，那么这年的冬笋就没有，是小年，反之就是大年。鞭笋似乎没什么大小年区别，但据阿华说春笋过后的竹林，鞭笋也较少。

阿华挖冬笋最有名，有一个故事几乎让他成了传说。那一回，阿华家有个亲戚来，还带来几个上海人，因为事先没说好，阿华老婆有些着急。老家离镇上有些远，去买菜也来不及。阿华说，别急，家里还有一点肉，我再去地里弄几棵青菜。阿华拿起菜刀，提上篮子出门。不到半个小时，提篮回家，上面青菜，下面满满的一篮冬笋。亲戚和客人连连夸奖,神奇,确实神奇!

我问阿华,挖冬笋有没诀窍,阿华告诉我,挖冬笋主要是勤,锄头要不停地东挖挖西掘掘。还要看,看竹子长势,看竹梢头竹枝丫等长的方向,当然最要紧的是看地下泥土。虽然我也在山里长大,也在这片竹林里玩耍,但我就偏偏不懂,也怪不来谁。

这次回家阿华又送了我几斤冬笋,看着整个身上都有些邋遢的阿华,我真的有些过意不去。阿华还是憨厚地笑笑说,没事,拿去。又冒出一句:其实你们住城里,还不如我们山里好。看得出阿华虽然生活在老家山里,但一直生活得很充实。

矮鬼堂哥的幸福生活

堂哥天生个子矮小，不到一米五，村里人都叫他"矮鬼"。

"矮鬼"年轻时，是个无事的人，一天到晚在村外野地里闲逛。他不喜欢在村里路上溜达，那个时候村里人多，每个家庭都有好几口人，且都住在村里，白天生产队干活，晚上聚集在一起闲聊。"矮鬼"是个毫无目的得过且过的人，他不希望生活在人们的闲言碎语当中。他喜欢一个人在荒野里转悠，看哪里有自己喜欢的东西，就顺手牵羊一下。

村庄四周都是成片的竹林，或一些庄稼地，许多竹子都被写上名字，有条有理地生长着，那些庄稼也是有模有样地鲜活着。"矮鬼"胡乱地生活着，找不到一件值得他去做的大事。那个时候人们的生活很累、很烦，都懒得去理他，包括他的父母。等到"矮鬼"发现自己老了时，父母离去，兄弟姐妹都已经跟他很疏远，那些侄孙辈也鲜有来往。在"矮鬼"的晚年，有一件事成就了他的幸福。这也许就是命。

"矮鬼"是我本家，排起辈分来，我叫他堂哥，但他似乎跟我一直毫无关系，家人教育我离他远点。有时，我会碰到他，跟他说说话,发现他是个很聪敏的人,也没有别人说的那么猥琐。他一个人在岁月中无聊地虚度着,在时间里晃荡着,我发现他很痛苦。他要把这种痛苦发泄出来,他会去别人家的菜地弄死一些蔬菜,或者做一些别人认为坏的事。

有时他会钻进谁家的竹林,蹲上半天。到了春天,看春笋长出来,他会掰掉一片笋尖。这些是他的"业绩",他的父母为此经常到别人家里道歉。看在他是个残疾人的份上,一般人家都会谅解。"矮鬼"是个闲不住的人,闲逛的习惯,养成了偷鸡摸狗的名声。村里人都认为他成了"贼",谁家少了东西,他就是第一个怀疑对象。他也不会申辩,仿佛一切就是这样。

一天晚上,我从外地回家,天很黑。在这样一个偏僻的村落,我有点害怕。我唱着山歌,昂着头,走在溪边的小石子路上。夜色苍茫,村落安静得让人头皮发麻。我发现路边溪坎,多了一块白乎乎的石头。壮着胆子,我把脚凑过去踩了几下,有点摇晃。我用力踩了一下,"哎哟"一个声音从底下传了出来,我发现是"矮鬼"背着一只火腿,蹲在那里。终究"矮鬼"还是像村民说的,成了一个小偷。我没有把这事说出来,我让他放回原地。

村落里东家少了一窝鸡,西家的狗不见了,人们都把这一切算在了"矮鬼"头上。我相信这也不全是他做的。他这样子一个残疾人,住在这样一个小山村里,似乎注定要闲逛一辈子,他要给自己找点事做,找点理由活下去。

"矮鬼"碰到了他现在的老婆,也是个残疾人,准确地说是个精神病人。那时,她因为精神失常,正四处游荡。她长得齐整漂亮,会唱戏文。没人知道她从哪里来,"矮鬼"也不知道她从

乡间物语·199

哪里来。"矮鬼"收留了她，跟她一起做伴。慢慢地，她居然离不开他了，他们生活在一起。她喜欢越剧，经常在村落的路边唱，没有道具，"矮鬼"拿出勾刀鞘，用两支筷子，随着节奏敲打起来。那时村落里几乎没有文化营养，广播里播的不是新闻，就是一些厌烦了的东西。"矮鬼"和他的疯婆子唱的那些不齐全的戏文段子，博得了村里许多老人的喜欢，一些老人会给他们一点零钱，或者好吃的东西。"矮鬼"不再闲逛，村里似乎也不再有人丢东落西，缺鸡少鸭。这点变化在村里算不了什么，但我发现有了这些变化，村落里的冬天好像温暖了许多，人们会聚集到"矮鬼"家中，听"矮鬼"老婆唱戏，"矮鬼"敲刀鞘。

"矮鬼"五十岁那年，他很自豪地因为他老婆而成了村里人羡慕的对象。那个不太寒冷的正月，在"矮鬼"那间破旧的老屋门前，一溜排地停了几辆豪车，让本来灰不溜秋的石头房子，变得阳光灿烂。"矮鬼"老婆的儿女们历经艰辛终于找到了亲娘，虽然母亲精神失常，但骨血的缘分不能改变。儿女们要接走母亲，"矮鬼"笑嘻嘻地认可他们的决定。然而有着精神病的"矮鬼"的老婆，却再也不想回去。她觉得在"矮鬼"这里过得很好，也离不开他。儿女们没法子，只得由了她。

很多年来我对这个生我养我的村落充满了矛盾，村中老人说，我不像个农民，种地和钻竹林对我来说肯定不是一生的事。村里的亲人守着那些必须守着的东西，他们不看重一年或者一辈子的赢和亏。"矮鬼"堂哥生活的场景，不会让人激动。但与那些容易动感情的人相比，我看到的是普通村民生活的一大段岁月，他们只要有个安宁的场景，有个随便的乐趣就满足了。

"矮鬼"现在的生活很惬意，村里给办了残疾证。他老婆没有跟他登记，也不能登记。他老婆户口一直在儿女那边，儿女们主动地为她办理了残疾证。两个人也逐渐老了，幸好有政府的残疾补贴，再加上村里一家企业照顾，"矮鬼"替厂里打扫卫生，厂里发一点工资，日子还过得去。不过有一点，他们似乎好久没有唱戏了。

我一直注视着这个堂哥，看到他走路的样子，其实一点也没有侏儒的样子。我看他经常搀扶着他的疯婆子，眼里饱含情义，温柔地跟她说话，小心地陪她走路。他老婆也学会了简单的劳动，包括烧点饭，洗点东西，十分依赖他。

"矮鬼"老婆的儿女不时地来看他们的母亲，顺带着看他。许多时候他们要给点钱或物，"矮鬼"拒绝的回数多。"矮鬼"说，现在政府好啊，照顾周到，还每个月发生活补贴，只要自己再勤快一点，钱用不完。他还说，他每一年都会带他老婆出去旅游，看看世界。

沈家老宅与报恩桥

沈家老宅被拆了。

我去的时候,看到只剩下一堆残砖断瓦,还有一些没搬走的旧木头。旁边的一间焙屋和纸槽厂,也不复存在,估计也一并拆了。

沈家老宅在村子尽头,连着山坡竹林。平时很少有人光顾,只有上山挖笋或者砍毛竹时,才有人经过,因此这里有些寂静。

老宅前面是一条小溪坎,上面一座石桥,有些像拱桥,又不完全像,两头有些拱的形状,中间却连了两根石条。桥身石条上写着"报恩桥"三个字,可惜字迹有些模糊,刻着字的痕迹里长满了苔藓。我们弄了好长时间,好友秋风才拿相机,总算拍下了模模糊糊的"报恩桥"三个字。说,也算不虚此行了。

沈家老宅跟别的厅堂老屋有很大区别。它像一艘船,就像嘉兴南湖里的游船。船头朝外,船尾在后,仿佛要扬帆山外。大门在船尾处,门口就是报恩桥。船头相连处是一间纸槽厂和一间焙屋。一张张洁白纯净的竹元书纸,曾经从这里源源不断地运到这艘沈家不沉的船上。

沈家三代单传，到如今这一代时，却一下生了三个儿子，并且多了一个女儿。沈家祖辈一直以纸为业，以前村后山上的竹林，许多是他家的基业。曾经有几屋纸槽产，一间焙阁。所生产的元书纸，扬名省内外，据说他家的元书纸，一直冠名"桃源坞"，连日本人都竖起大拇指。

童年时，因为他家几个子孙跟我年龄相仿，便时常玩在一起。记忆中有两个老头，一个要称作"阿太"，一个要称作"老伯"（爷爷）。阿太名唤寿生，果然像个寿星。白胡子，白头发，甚至连眉毛也似乎有些白。不过人很善良的，我们很喜欢他。爷爷叫阿水，因为有些呆呆的，人们便唤他阿水木佗。

沈家在村里是小姓，只有两户人家。另一家搬来时间有些晚，自然跟他们没什么瓜葛。老人们说，这个寿生阿太，有些硬涨（能干，有本事）。当初来时，就一个人带着阿水一个儿子。也不知从哪来，可能身上带有一点钱。那时兵荒马乱的也没人去问他的一些情况。住下来以后，买了一块地，又置了几亩山。从此开起了纸槽产，做起了竹浆纸。由于为人和气，经营有道，过不了几年，又置添了一些山林，生意渐渐做大。据说其间也曾被人欺负，无奈之下，花了许多白洋，去买了一个乡长当。殊不知，这却成了后来被批斗的一大罪状。

报恩桥，据说是寿生阿太当乡长时修的。虽说有人欺负他是外来人，但村里的人基本上对他们很客气。有些事，比如当时造沈家老宅时，村里大部分人都是主动帮忙的。由于他家有些竹林，遇上忙工时，敲白、削竹那都是要人手的。还有做纸，晒纸没一样不需要好师傅的。所以寿生阿太为了感念乡邻，就在他家门口的溪上修了一座桥，取名报恩桥。

寿生阿太和儿子阿水，后来经常被拉到台上批斗。说是反动乡长，剥削山民。寿生阿太在一次被批斗时，站在台上可能时间过长，再加上年纪也有八十多了，竟倒了下去，再也没有起来。阿水却从此变成了一个痴呆，整天嘟哝着：我有罪。每天早晨，拿一把扫帚，从村子的最里头（他家门口）的报恩桥开始，一边嘟哝"我有罪"，一边扫路，一直扫到村口。大约过了五六年，也离开了。幸好阿水的儿子，已娶妻生子。他们把两个老人的墓，并在一块，就在老宅后面山上，对着村口。

也是老人积德，阿水死了以后。媳妇生了三个儿子，并一个女儿。儿女们已不做竹纸，都改行养殖蜜蜂，经过辛勤劳作，富了起来。他们在山外面村里买了地，各自造了小洋楼。

几年前阿水儿子也已离去，只剩下阿水儿媳，还舍不得离开。每当有人来时，就讲着她家祖上跟报恩桥的故事。

如今，沈家老宅也已不复存在。只有长满了苍苔的石桥，依旧孤独地横在那里。阿水媳妇已经住进儿子们家的洋楼里了。

无花果

在一个无花果采摘基地,因为我的一句闲话,引得众人大笑。笑声或暧昧,或羞涩,或调侃,或豁达。我说:这无花果的采摘,我是从青涩捏到成熟,到最后手上沾满乳汁。就是这句不经意冒出来的话,一时成了笑谈。也许是时令还没到,基地里成熟的无花果不多,大多是青色的果子,也有一些暗红色的半成熟的果,熟透的无花果几乎很少。朋友说:那些软的果子就是成熟的果子。于是我们用手去捏,捏到软的就摘了。由于无花果汁水旺盛,我们摘的时候果蒂处往往会溢出一些乳白色的汁液,这些汁液又稠又粘,像极了动物的奶。我们一边采摘一边说着一些不着边际的话,无意之中我说出了那句话。当真让人尴尬,幸好都是朋友,平时又说惯了笑话,在一阵笑声中过去了。

基地主人来的时候,我们都已经钻进了无花果园。这无花果园有些规模,整个果园被一些白色的网包裹起来,园主说,这是为了防鸟,小鸟最喜欢吃无花果。也是,这么好吃的果子,有什么动物不喜欢呢?更不要说我们这些有着高级味蕾的人。诗人立波兄的儿子天米,小小年纪机灵得很,他看着我摘,开始时不明就里,后来就看出门道。每每我看到几个貌似有些熟的,刚想伸手去摘,一只小手立马伸过来,"啪嗒"抢先摘取,还溅出许多"乳汁"。他高声叫着:我抢!我抢!抢到了!这家伙,我只能摇摇头对着他微笑。看我们乱转,有些人不知这果子到底怎么样才算成熟,园主告诉我们一个诀窍,说:这要看果子的芯,如果开裂了,说明这果成熟了,否则就没完全成熟。这样一来,我们采摘自然方便了许多,唯有天米还是跟我抢摘,看到暗红色的果子,或者看到我的手要伸出了,不管三七二十一立马抢去,给我增添了不少乐趣。

  我喜欢吃无花果,老家猪圈旁原先也有很大的一株。每年晚春就结果,记忆中好像果子跟叶几乎同时生长。眼看着这果子慢慢长大,我忍不住每一天去捏捏这个,捏捏那个。母亲说这无花果要到秋天霜降以后成熟,那时天凉了,草屋顶上霜白了,无花果也就甜了。于是我盼望着秋天,盼望着霜降,更盼望着猪圈草屋顶上那一层厚厚的白霜。但每一天还是忍不住,走到树边,伸出手去捏一下那些让人看着舒服,想着嘴馋的果子,真的是应了那一句:从青涩捏到成熟,最后惹得一手奶。终于,秋风起了,霜落到了草屋顶上,那果子从青色慢慢地变成紫色、暗红、酱色,果芯处开了裂。用手一捏果子软软的让人陶醉,再也顾不得那又黏又稠的白色树汁,摘一个掰开塞进嘴里,一阵蜜甜侵入喉咙。这个秋天,还有那些厚厚的白霜似乎都浸淫在了心中无限的甜蜜里。

  我一直不明白无花果为什么不同于其他的果子。几乎任何植物,都是遵循了先开花后结果这个大自然的规律。难道无花果违背了春华秋实这个道理?在果园里,朋友告诉我,无花果并不是不开花，只不过它的花开在果实里，其实我们吃的果肉，就是它的花。朋友还告诉我，他曾经看过一些资料，说有一种小蜜蜂，为了采无花果的蜜，会从无花果的芯处钻进去，采了花蜜再出来。不知是真是假，反正我是没看到过。回家后问了几个养蜂的朋友，也说没看到过。当然我相信这是真的，大自然有许多奥秘，对我们来说真的知之太少了。

稻子黄时品谷香

我用手机帮好友小王拍了一张照片,背景是很大一片稻田。照片中小王低着头,手捧金灿灿的稻穗,很专注。看他入神的样子,像是被熟透了的稻子陶醉了。是的,眼前这一大片黄澄澄金灿灿的稻谷,谁看了,都会迷醉。更何况是在微微送凉的稻香时节呢?

渔山,一个使人觉得很有味道的名字。让人一听这名,就能想象出这是一个鱼米之乡。小王照片中的一片稻子就在那里。刚一下车,我就惊叹:几千亩的稻谷,一片金黄,齐齐地展现在你眼前。一缕缕清新的香味,悠悠地钻入你的肺腑。我们迫不及待地走进这片田野,拥抱着这份气息。

看着朋友欢欣雀跃的样子,看他们纷纷拿出手机相机,摆着各种姿势,拍着跟稻子的亲密照,我也忍不住随手用手机拍了几张。真的很舒服,很美。已经很久了,很久没有这样亲近过稻田了,很久没有这样抚摸稻穗、稻叶、稻秆了。这是遇到亲人般的感觉。

曾经,对稻子又爱又恨,爱的是那一份收割后吃新米的香甜味；恨的是播种、培育、收割时那种特别的辛苦。

老家老屋里至今还竖着一片晒谷的陈旧抢垫。虽说稻谷丰收以后，人们脸上都挂着喜悦，但对于女人们来说，收割了不等于可以入仓。每天早上晒谷，晚上收谷，加倍的累，越丰收，女人们越累。是的，用母亲的话说：为自家的丰收吃力点，开心。就这样年复一年，抢垫没几年晒破一张。要知道，做一张抢垫需要几百斤好毛竹，不容易啊！

最佩服父亲种田。一担沉重的秧苗，挑在肩上，脚踩在滑滑的田埂上平稳自如。秧苗是用毛竹箬壳撕了条，缚了一把把的。父亲站在田埂上，把秧苗抛得很均匀。很喜欢看父亲抛秧苗的样子，秧苗把在父亲出手后，形成一条美丽的弧线，稳稳地落在父亲看准的位子。父亲插秧很匀称，虽说老家大都是山垄田，但父亲种得随弯就弯，很好看。父亲经常说的一句话是：弯一弯，三盘篮。就是说弯就弯了，说不定还会多收些谷子。

收割稻子，也是很累人的活。人们手拿镰刀，弯着腰，一棵棵地收割。然后用脚踏的打稻机，打下谷粒。再盛放在谷箩里，一担担地挑回家。收割稻谷不光人累，最难受的是全身发鲜发痒。不过收工以后洗一个澡就好。尽管这样，但看着一担担的谷子，堆满了家里的每个角落，那份喜悦，是任何语言表达不了的。

都说"稻花香里说丰年"，稻花开时，那种香味淡淡的，很诱人。但如果你要听蛙声，最好是在黄昏或者清晨。真的，一片蛙声很热闹，但一点也不吵，反而觉得很清静。听着蛙鸣，闻着淡淡的稻花香，看着一片绿绿的稻子，走在弯曲的田埂上，那份心情别提多美了。

我不知如今渔山这片稻田，还能不能听取蛙声一片。但我肯定，这片稻子已经不用镰刀和秧苗担子了。现代化的生产，或许更能催生丰收，但感觉的情趣就不可相比了。不过无论如何，这片稻子的存在，都是让人羡慕的。

　　离开时，我不时地回望，忽然发觉人们已经把经营这片稻子，当作创作一件艺术品。许多收割下来的稻草，被做成一个个人和动物的逼真形象。可惜的是，很少有反映稻谷生产和收割的劳动场景，反而多了一些毫无关联的东西。

母亲节随笔——未有察觉的爱

原来你那么疼我,而我一直未有觉察。

我从你身体分离出来以后,在这世上成长、跋涉、流离,希望能够证明自己是一个优秀的值得你疼爱的儿子,希望能够得到你充分的母爱。但我内心觉得你一直有着偏爱,一直有着对我的不公平。一直以为你不喜欢我柔弱的样子,你爱哥妹胜过爱我,难怪我注定要有遗憾。

曾经为了送我去远方高中上学,你特意请人砍了房子后面的香樟树,做了一只精致的樟木箱。你把我的衣裤整理得很整齐,放入那有着浓浓香味的木箱子,你说,樟木箱防潮又防虫。曾经为给我攒几块钱的零花钱,你省吃俭用,捡箬壳,掰竹桠卖钱留着。你甚至上了很高的山去摘粽叶卖钱,为此你还被毒蛇咬了,痛苦了很久。只要是为了我的学业,你宁可自己挨冻受苦,也要让我读完高中。

后来我参军去了海岛,我还是抱怨你,怨你对我不公,我甚至怀疑过自己到底是不是你的亲生。在部队的第一个年三十晚上,我轮到值班,去哨所站岗,而别的战友却在营房里会餐。我把这一切写在信里,告诉了你,害得你大哭一场,病了好几天。当我退伍回家,外婆说给我听时,我眼角第一次含着泪。

我退伍回到老家,被村里人瞧不起。说我文不文,武不武,你对着人说,生了人头总吃人饭,管得着吗?每当我生活、工作、劳动情绪低落时,你总是站在我面前,默默看着我。那种心疼、无奈的表情,其实我应该感觉得到。但我漠视了,觉得都怨你跟父亲,有时还要大声言语,说些不好听的话。这时母亲往往佝偻着身躯,转身离开,我看到她的眼角噙着泪花。

我岂知原来我都错了。

你在我身上其实花了不少钱,这些钱都是你从牙缝里省下给我的。哥妹读书初中毕业就参加了劳动,挣工分挣钱了,其实哥妹也过得很苦。挣来的钱基本上被你拿来替我交了学费,或寄给我当作补贴生活的零花钱。要说埋怨,哥妹也应该有埋怨,凭啥我一直可以读书,或者读完书以后可以远走去当兵?我不懂,也许不愿去理解。

在那个既闷又热的夏天,你病了。你没有声张,你一直这样,哪怕自己身体痛苦,也不愿在儿女面前表露。这一次,你病得厉害。我们要送你去城里医院,你说过几天就会好。可惜再也好不了,你还是走了。

这是我一生的遗憾。

那个晚上你已经不能动弹,你在床上翻身都觉困难。我陪着你,开始还能说说话,你让我去睡,你说没事,让我听话。可没到天亮,你咋就不声不响地走了呢?

那个晚上会让我后悔一辈子。

我第一次叫出：主啊
我第一次在灯下辨认你早已赐予的甜饼
碎裂的瓶子里涌出的泉水，漆黑的镜子里
那历历在目的，用泪水描绘的肖像

我想起好友的诗。

等我觉察，眼泪将要淹死我所有想说的语言。其实你一直疼我，我一直没有察觉。

烟雨枫杨林

离开户马庄园，往右顺着一条柏油路往前走，不知不觉地，便进入一片树林。五月份，正是雨水充盈时节，一眼望去一片绿色氤氲。但似乎没有听见鸟的鸣叫，林子里雾气袅袅，静得出奇。偶尔有几个撑着伞的人影，在树林中间闪过。看得出那是一些爱春或者爱幽静的女子，长裙飘逸，手里举着手机，或自拍，或帮人拍。确实，在这里留下美丽的倩影，最是合适不过。

按照路牌指示，这里是一片意杨林。但我发现真正的意杨树不多，那些比较高大、比较嶙峋、比较苍老、比较原始的却是枫杨树。意杨树跟枫杨的最大区别在于树叶不同，意杨树叶片有些像心状，比较宽大。枫杨，叶片长圆形，一根叶柄上长好多叶片。我喜欢枫杨，同样是伟岸高大，但枫杨的韵致，我以为在于它的花。枫杨树的花开时，犹如一串串的铜钱，从树枝上往下挂，密密麻麻，直直地垂下来。每当这时，我总会想起一句诗："花绿一春天，枝摇万贯钱。"但无论如何想不起是哪位诗人的杰作。不过，在这个花红柳绿的春天里，在这片枫杨林里，又岂止是枝摇万贯钱。你只要一抬头，就是满眼的绿色钱币，满眼的苍翠。或许你只能闭上眼睛,静静地享受那一份清甜的美了。

这是桐洲岛上的一个去处,桐洲岛是富春江上的一个沙洲。这里的野外更像野外,田野间野草果树纷杂而生。一江春水,由于沙洲存在,便分而流之,不知是江水冲结了沙洲,还是沙洲分流了江水。总之,这个沙洲和这江水相互依存,相互衬托,纵然千年此心不改。在沙洲边缘近水处,大多是不同品种的杨树和种类繁多的野草,长得郁郁葱葱。茂盛的桑树、果树耸立在田野之间,整个沙洲简直是一个植物乐园。那些杨树、桑树、果树虽然长得枝繁叶茂,但看得出不欺负庄稼。它们的根系深深扎下,但对于庄稼的养料毫无妨碍,在它们中间,庄稼蔬菜照样生气勃勃,油绿喜人。

枫杨林在桐洲岛的西边,因为是雨天,所以我看到了烟雨缥缈。想想真是幸运,在这样的沙洲,这样的雨天,这样的树林里,我呼吸着那潮湿的空气,植物的清香,还有泥土的气息。那份自然的味道,着实陶醉了我。我想起刚进树林时,看到的那间草屋,用草垒砌的墙上,挂着一张陈旧的犁。我的思绪把我拉进了那个画面,那头牛,那个老人,还有蓑衣笠帽,那些脚趾缝里吱吱冒出的黑土。然后思绪又把我带入树林,那支短笛,那个孩童,那一声声稚嫩的童谣,终于在这片枫杨林里,幻化出一幕景象来。仿佛这些景象,从那条深入林间的泥泞小道中,姗姗而来。

当许多跟我一起去枫杨林的人,陆续回走以后,我还盘桓在这片树林里。我贪婪地呼吸,贪婪地观赏。我想把我的心留在这片树林,与小草为伍,与枫杨做伴,随水雾起舞。无奈,同伴的呼唤,一声声传来。就像一个恋人,要告别心爱之人,我依依不

乡间物语・215

舍，一次又一次回头。我看见了我自己的眼泪，我看见了树林的微笑，甚至我还看见了那些小草的痴情。

　　有人说，烟雨桐洲。大概是觉得这里的风景，应该是在雨天。我倒认为不一定要看烟雨，其实在这里的每一片树林，每一片庄稼地，甚至每一株野草，还有抬头可以望见的一带江水，以及远处群山，何处不是最美风景？

清明祭

清明的前一天,大雨。因为有许多不凑巧,我们正赶上这一天去上坟。雨一直下,还伴着一些雷声,山路有些滑。我们到父亲坟头,身上基本已湿透。幸好我们带的祭品不多,纸钱,鞭炮什么都没带。路上有人问:你们上坟怎么都空着手?难道祖先不会见怪?哥笑笑说:祖先才不会见怪,要说见怪,那是活着的人。

父亲的坟墓跟母亲的不在一起,父亲跟我奶奶葬在一起。当初父亲临走时说一定要跟他母亲相伴,我们也就依了他,可惜墓地有些远、有些高。但父亲说我奶奶的墓地风水好,葬在那里能使子孙平安。普通人家不求富贵,只求平安,父亲总是把平安当作一生的座右铭,哪怕到生命的尽头,也想着家人及后代的平安。现在想想父亲作为一个普通农民,也只能奢求我们一家平安,毕竟他无有多大能耐。

母亲的坟墓离家近一些,母亲是个随遇而安的人。她一生没有什么要求,只要看着我们开心她就开心,似乎儿女的开心是她最大的快乐。母亲临走前,说让我们把她的墓葬得离家近一些。

乡间物语·217

她说，每一年清明看我们去上坟，都要爬那么高的山，那么远的路，觉得很累。如果她的坟墓离家近，我们就会省力许多，不用很累。我们依着她，在屋后山坡的自留地上选了一块墓地。谁知造好坟墓以后，大家都说：这是个好地方，是块好风水。

我们冒着大雨，清理了坟前的枯枝败叶，在坟头插了幡，又添了一把土。雨越下越大，大得甚至点不着香。大哥说：大家拜拜吧！我们依次祭拜。最后大哥祭拜，大哥一边祭拜，一边念叨。无非是说些对不起祖先，让他们保佑之类的话语。最后一句我听得很清楚，说让奶奶、父亲一起在清明正日晚上去他家吃饭，钱也在那时烧给他们。在母亲坟前最后也是如此一说，神态很虔诚。

看到大哥这个样子，我倒想起以前父母在世时的许多事情来了。记得外婆刚过世没几年，有一回清明，离正日还有几天。那个晚上，我梦见了外婆。外婆一副无奈的样子，说她饿，想吃饭和香蕉，又说她冷，没衣服穿。我把梦里的情景告诉了父母，父母听了我的话，心里很难过。第二天特意带上我，去了舅舅家，还买了一串大大的香蕉。母亲让舅妈烧了许多外婆爱吃的菜，挑箩肩担地到了外婆坟前。母亲对我说：外婆最疼你，所以托梦给你。还在外婆坟前说以后有什么事，跟她们说，不要在梦里惊吓孩子。舅妈也跟着说，只有舅舅跟父亲一声不响，或许在他们心中觉得也有些愧疚。

也许亲人之间冥冥之中，有一些天然的联系，就像有一根无形的纽带，连接着各自的心灵，哪怕阴阳相隔依然相连。母亲离开后的第一个清明，离节日还有半个多月，我大姨就打来电话，问我什么时候去上坟，说这几个晚上母亲一直跟着她，问她要这要那。在大姨梦里母亲还跟着她去了几十里外的女儿家,说她女儿家好,要住在那里。我知道这是我大姨姐妹情深,清明到了心里记挂妹子。

等我们上完了坟,天还在下雨。我们把父母及奶奶的坟前弄得干干净净,坟头上新鲜的幡幽幽飘舞,可惜因为大雨坟前缺少了烛光隐隐,清香袅袅。但觉得虽然亲人远去,只要活着的人诚心祭奠心中记挂,那么故去的祖先泉下有知定不会怪罪。

香樟·落叶

香樟树春天落叶,似乎有别于其他所有落叶植物。

都说"秋风扫落叶",秋天的威严,对植物来说有点残酷。随着阵阵秋风,温度逐渐降低,叶片泛黄,随后飘落。香樟树却一点也不在乎,即使到了冬天依然葱郁茂盛。

我问母亲,香樟树为什么不在秋天落叶。母亲说,为了孩子。我一直没有理解,觉得跟孩子一点也没有瓜葛。

那时,老家屋后自留地上有两株树,一株是香樟,另一株也是香樟。余下的几乎都是父亲的蔬菜和庄稼,有南瓜、茄子、四季豆、苋菜、大蒜、六谷头,最多的是番薯。我吃厌了番薯,每天上学,书包里塞满了番薯,甚至回家途中,还剩着一两个冷番薯。吃不完,想扔,又舍不得。倒是我家的阿黄,一见到我放学,老远地来迎接,给的奖励,就是我吃不完的冷番薯,它还摇头摆尾挺开心地舔着我的裤管。

自留地上的两株香樟树,高大、挺拔,一株小一点,一株大一些,像兄弟俩。它们生长在同一个树篼头上,同根相连。我时常觉得它们很可怜,孤孤单单地长在地里,陪伴它们的是那些低矮得自顾不暇的庄稼、蔬菜。这些庄稼蔬菜跟它们没有共同语言，共同习性，更不要说理解它们的志向了。但蔬菜的命运比香樟树好了许多，蔬菜有我父亲精心呵护，他每天起早摸黑地施肥、浇水、除草。香樟树习惯了这一切，依然冲天而长，根系深深地扎进地里深处，也不抢夺庄稼的养料，一副我自向天笑的派头。

我依旧讨厌吃番薯，母亲说，想要不吃番薯，吃白米饭，得跟那两株香樟树一样有骨气，抻起头毛，认真读书，那以后坐办公室，穿皮鞋，吃快活饭。我仿佛闻到跟香樟树一样有香气的白米面饭的味道，我的成绩一直较好。

我仍然看不到香樟落叶，从春季到秋天，从夏日到寒冬。自留地里干干净净，除了一垄垄的蔬菜、庄稼，几乎没有一片枯萎的叶子。父亲每日清早就在地里摆弄，白天去生产队劳动，收工回家，又直奔自留地，直到天黑蟋蟀声起。蔬菜庄稼种了一茬又一茬，番薯收了一回又一回，香樟兄弟俩依然只顾冲天而长，笑傲群物。

我相信香樟兄弟俩会一直这样生长下去，成为古树名木，被保护，被膜拜。在我考上县城高中那一年，小的那株香樟树，被父亲砍了，用来制作了一只精美的樟树木箱。它陪着我度过了许多个年头，直到我入伍服役，后来不知去向，但它的香味始终萦绕着我，不曾离去。

为留下的那株香樟树难过，看它孤独的样子，心里觉得挺对不住。在上县城高中后的第一个春季，某一天，我站立在它的树根旁好久，我闻着它散发出来的香味，抚摸着它的树干。不经意间，一片树叶飘落，树叶青红，有几许纹理，像极了一张笑脸，这是我第一次看到香樟落叶。我觉得好看极了，把它收藏起来，当作一张书签，夹进了我的日记本。

我始终没有理解，我问母亲香樟树为什么不在秋天落叶时，母亲回答我"为了孩子"那句话。母亲走时，正值春天。父亲比她早离开三年，因为父亲的离去，自留地也荒芜了许多，那株香樟树依然高大挺拔，但在春天会有许多叶片飘落。那一年上春，我想带着家人去远方，母亲突然生起病来。在病中，她喋喋不休地说着，香樟树不在秋天落叶，而是选择在春天落叶，那是为了孩子。没几天，母亲在春天的一场夜雨里离开了，就像一片香樟落叶，在这个春暖花开的季节，在我们即将去外面谋生的时候。我们根据她的要求，把她的骨灰埋葬在了那株香樟树的边上。

母亲过世后，我们离开了老家。时间越久，故乡越远，香樟树越见越多，我眼里的世界也越来越大。我晓得了香樟树不是不落叶，而是在春天才落叶。春天来了，娇嫩的叶芽像个婴孩般珍贵出世，香樟树的老叶，这时开始发黄，变红。随着天气变暖，嫩叶成长，似乎可以独立阻挡风雨。这时的老叶片，在春风呼唤之下，才断然地离开，几经飘摇终究回到泥土之中。

此时，我终于明白了母亲说香樟落叶为了孩子的含义。

Chapter
6

少年情怀

白棕花

一条碎石路通向连队的营房,路的两旁种着一些剑麻。开始我以为只有连队的路旁,才有这些连叶片都硬硬的植物。待我知道我要在这里驻扎几年时,我才发现整个营房周围,都有这些剑麻的存在。心里想,或许部队领导需要硬气一点的兵,才种植了这些硬得有些过了的植物,也许是希望战士们能在这里锻炼成一个有钢铁般意志的士兵吧!

起初,我不认识这些剑麻。因感觉它的叶片像剑,叶尖像针,稍有不慎便要被刺破皮肤,于是很少去碰它,还萌生一股要回避的心情。但看到剑麻开花,我不得不惊叹大自然的奇妙,如此硬朗的植物,却开出了柔美的乳白色花朵,真的让人不可思议。

春天来了,那剑麻的叶片丛里伸出一根结满花蕾的秆子,慢慢地向上伸展,几天以后花蕾饱满,然后张开花瓣尽情绽放,似乎是一个展示美的过程。战友看了都欣喜若狂,我依然不认识这种植物,不知道开着的花应该叫啥花。

直到有一天,副连长爱人来探亲,我才叫得上那些花的名字,尽管还是不对。副连长爱人很美,几乎具备了江南美女的所有特点。据说还是个才女，会写诗歌，她的散文也在一些报刊上发表过。她的到来，引得许多战友眼睛发亮，很多士兵有事没事地往副连长宿舍跑，炊事班的战友更是天天给她做好吃的，嘴甜的战友"嫂子""嫂子"地叫得她心花怒放。那一回，吃过晚饭，副连长携着她的手一起在路旁散步，我们几个和副连长走得近的战士，自然跟在身后。剑麻花高高地开着，乳白色的花瓣在那些坚硬如剑的叶片护卫下，温柔地拥抱着夕阳。可笑的是我们一行人居然都不知道这花的名字，副连长爱人说，叫它白棕花吧！好！战友们齐声附和。从此，我们管那些剑麻花叫"白棕花"。

副连长爱人探亲没多久就回去了，在副连长口中，我们知道他们才新婚不久。战士们自然理解副连长的那份思恋，那份真情。在许多空余时间，我们都会听他讲他们之间的爱情故事。我们也会被他们的故事感动，但作为军人，我们能做的唯有祝福他们。时间就这样在军营里的训练和学习以及战友之间的情感交流中慢慢过去。忽然有一天，副连长跟我们在一起训练时，连队文书手里举着一份杂志，大声叫着：副连长，嫂子的文章！嫂子的文章！

待得我们看到时，我们发现杂志的篇首刊登着一篇题目是《白棕花》的散文，下面署名是副连长爱人的名字。文章里描述了一群在一个小岛上服役的年轻士兵，虽然远离大陆和家乡，但依然刻苦训练认真学习，把小岛当作自己亲爱的故乡，在他们钢铁般意志的背后都有一颗柔软的心。其中一个老兵大声地念了起来，大家都听得流下了眼泪。我们知道她是以自身探亲的经历，写就了这么一篇感动人心的文字。可惜时间太久了，如今那份杂志的名字已经被我忘记，但那篇文章，那些优美的文字，以及描写我们守卫海岛的情怀，我却永远忘不了，至今依然留在脑海。

副连长爱人第二次探亲时,是在第二年的春天。那时对越反击战还没结束,老山、者阴山守卫战仍在继续,部队命令在每个连队抽调一批军事骨干去前线支援。副连长是我们连队的军事标兵,军事素质过硬,于是接到上级命令,做好上前线的准备。军人以服从命令为天职。尽管有许多不舍,尽管有许多分别的伤感,副连长还是送爱人回到了老家,自己义无反顾地上了战场。

后来,再后来,副连长和他爱人的故事,我们就听得少了,只是在副连长从战场上回来,又回了一次老家以后,才知道他爱人已经不在人世。原来,副连长上了战场,在战场上机智勇敢,既消灭了不少敌人,又保护了自己的生命。几个月以后战争结束,回到了部队。由于他一直在战场,他爱人担心过度,神情恍惚,在一次过马路时遇到车祸,离开了亲人,包括她深爱着等待着的人。副连长得到消息时,战争正激烈地进行着,他只能把悲痛压在心里,一直到战争结束。

副连长回到连队以后,一直闷闷不乐,经常拿着那本刊登有《白棕花》的杂志,走在连队那些开着剑麻花的地方。我们知道他是在怀念他心爱的妻子,睹物思人。过了许多日子,经不住思念,副连长向上级提出想回老家探亲。还是连队文书善解人意,说挖两棵剑麻让副连长带走。副连长一听,便知道他的好意。在战友们的帮助下挖了两棵剑麻,带回老家,种在了他爱人的坟前。

又过去了许多年,一群老兵相会在副连长的家乡。在一阵唏嘘声中,有个老兵提出想去看看嫂子的墓。墓前干净清爽,两棵剑麻开着高高的两枝"白棕花",花色柔和乳白,纯洁得让人想起嫂子年轻的模样。

没多久,老兵们离开坟墓,在他们偶然回头时,白棕花在清风中摇曳,他们仿佛看到了美丽的嫂子笑靥如花。

栀子花落时

在 QQ 群里，忽然得知他走了，永远地走了。

我不敢相信，至今依然不敢相信。

其实我应该要知道的，或许我太不重感情了。已经有一年了，我打他电话，总是没人接。我一直认为他工作忙，没想到他会突然离去。

现在我越来越相信，人与人之间存在着缘分。我和他认识是在部队里。那时他是班长，我是一个傻乎乎的新兵。班长个子不高，圆圆的脸蛋，整天挂着微笑。我们相处不到三个月，新兵集训完了以后，各自去了自己该去的连队，从此也没再见过面。人，就是这样，有的人经常在一起，却没感觉，有的人哪怕相处没多久，也会留下深刻印象。我跟班长或许就是后一类，我相信尽管我们后来再也没见过，但我们彼此心里肯定存在，不然没法解释经过几十年后，为何依然清晰记得对方的名字和音容笑貌？

这是一个栀子花开时节的中午，下着雨，天有些闷热。我正懒懒地靠在椅子上睡午觉，手机在身旁响起。

"你好！盛忠民吗？"

"是的，你哪位？"

"我是×××，建德人。跟你一起当过兵，有印象吗？"

我一下子从靠椅上弹跳起来，不是老班长吗？算来分别至今，有三十五年之久了。听得出，电话那头的他也很激动。这一次我们聊了很久，谁都不肯先挂掉电话。

在建德里叶，我见到了分别很久的×××班长。他胖多了，脸看上去有些浮肿，但精神不错。他还特意让他在乡镇上班的爱人，请了一天假来招待我们。看得出老班长这些年生活不错，家里房子比较大，有点别墅的样子，门口道地也开阔。听他说话语气，言谈间颇为自豪，真替他高兴。

饭间，老班长给我讲了不少有关建德的风土人情、民间俗事。他告诉我，新叶古镇就在旁边，还有江南悬空寺等。让他感到自豪兴奋的是，他们村子，就是建德里叶十里荷花的所在地。我们边吃边聊，从当兵时的军营，聊到我的家乡富阳，然后再聊到他的家乡建德里叶。我们还聊到各自家乡的美酒美食，在聊美酒时，他兴致更高，他拿出了据他说是独一无二的莲子酒。他说这莲子酒是用纯莲子酿造而成，无论口感还是香型，都是上上之选，甚至超过国酒茅台。我对酒一直不感兴趣，听他如此夸耀，我忍不住尝了几口，确实不错，值得点赞。

他还给我推荐了一道我从来不曾吃过的菜肴。那是一道用栀子花瓣做的菜，拿些肉丝翻炒。味道清香，嚼劲十足。想起一路过来时，路旁山坡那绿野之中，点点白色，犹如繁星点缀，如梦如幻的栀子花，居然是一道美味佳肴。讲实话，我还真的没吃过肉丝炒栀子花，这一回倒是尝了一个鲜。

第二次去建德里叶时，荷花已经盛开，整个里叶村子被荷叶包围。在绿波荡漾之间，亭亭玉立的荷花，身姿妖娆，香气阵阵。老班长陪我们看完荷花，还是在家里招待我们，还是拿出莲子酒，炒了肉丝栀子花，味道一样的醇香，就像老班长对我的情意，那积淀了几十年的思念。

又是一个栀子花开的季节，天气闷得使人难受。绿野中一朵朵白色的小花，像极了思念的情绪。一阵雨过，掉落许多花瓣，让人看着难过。心里冒出许多悲哀与无奈，觉得有些时候，生活会让你欠下一生的感情债。就像老班长对我，真诚付出了许多给我，而我却来不及回报。他就像掉落的栀子花瓣，已经远去，我甚至看不到它的发黄，它的枯萎，它的消逝。我想到了李贺的两句诗："凄凉栀子落，山璺泣清漏。"

驻守蓬莱

一

从山脚的守备二连，沿南坡爬山而上，仰头望去，道路悬在头顶。乱石跟泥泞混杂的小道，两旁长满一人多高的茅草。老班长喘着粗气，用手抹了一把额头上的汗，回头眺望了一会儿。山的东面和南面是一望无际的大海，老班长目光所及，海面上密密麻麻的一带渔船。此刻，这些渔船正在作业，捕捞各种海鲜。

我们的哨所在这座山的山峰顶上，站在山顶四周远望，辽阔的东海水波茫茫，一眼望不到边际，海天相连，泛着让人目眩的蓝光。回头向西，海面上岛屿连绵，渔舟成群，舟山群岛果然不同凡响。舟山群岛，这块曾经的神秘之地，当时驻扎着许多部队。我所服役的部队，就在这里，一个背靠山峰，面朝大海的小海湾。

山，名大龙山，是这个小岛的最高峰，我们轮流着上去站岗。我经常想，轮到站岗也是一种幸福，可以观赏大海的宽广，海天的交融；还可以聆听大海的心声。但我害怕轮到晚上站岗，孤零零地任凭海风吹拂。此刻，我会紧紧地握住我手中的钢枪，仔细地搜索各种侵入我眼帘的所有目标，还有许多渗入我耳朵，甚至轻拂我毛发的各种信息。有些时候，突然间会从某个礁石间，窜起一束光亮，升到空中"噗"的一声，爆炸开来。我害怕至极，待到换岗时，有经验的老兵笑着说，不需要害怕，这是信号弹。但始终没人告诉我，这是怎么一回事，一直到我离开军营，离开这个小岛。

我们军营是几排低矮的营房，营房前面是操场。再过去是临近大海的悬崖，悬崖边是我们的炮阵地，几尊大炮对着大海，时刻瞄准着来犯之敌。通往军营的唯一一条路，全是小石子和泥巴，路旁长满茅草和松树。在军营入口的几百米处，道路两旁栽着剑麻，这些叶片坚硬如钢刺的植物，却能开出温柔的乳白色花朵。白天的军营除了我们训练时的声音，几乎安静得只能听得见海风吹过的声音。一到晚上，大海像个打鼾严重的老人，海浪拍打悬崖响动大得让人不能安睡。我老乡父母来探亲，住在营房里，不到两天就嚷嚷着要回家。他母亲说，整个晚上就听到"哗啦！哗啦！"的海浪声，睡不着。看着营房前面的礁石、悬崖，还有海水与之撞击产生的浪花，我们笑笑，都说习惯了这海浪声，我们觉得很好听。

二

这是一片白花花的盐场，太阳下每天总有几个戴着头巾的妇女劳作着。一个不大的海湾，一条海堤阻隔了大海跟滩涂的联系，经过改良，这片滩涂成了盐场。渔村里的壮劳力都出去捕鱼了，剩下老弱病残以及妇女。传说中妇女不能上船捕鱼，于是村里的所有事情，就由她们来完成，渔民们即使捕鱼回家，也不去涉及家务和村里的事情。

我喜欢这片盐场，盐场由许多方方正正的盐田组成。有的盐田已经堆满了小山样的盐巴，有的已是白花花的一片，而有的盐田刚刚灌满放进的海水。我在休息的日子常常跟着几个老兵溜出来，老兵们去渔村找小姑娘聊天，或者找渔民买便宜的海鲜干货，以便寄给老家亲人。而我在许多时候，都是在盐场旁边观赏，有时呆呆地待上一整天。我心里对太阳崇拜至极，对大海充满敬畏。苦涩的海水经过太阳的温柔爱抚，不用多久变成了人们离不开的海盐。我对那些辛勤劳作戴着头巾的妇女，心里装满了敬佩，她们承担着比大陆上妇女更多的负重。她们照顾老人和孩子，她们织网、种地、晒盐，她们还要做渔村里男人不做的许多事，甚至她们还造房子。那些扛石头，抬预制板，砌砖加瓦等繁重的活儿，她们都干。她们的心里就一个愿望，男人出海打鱼能平安归来。

渔民回来的时候，渔港里桅杆林立，直冲天宇，空气中弥漫着鱼虾的腥味。成筐成筐的带鱼、黄鱼、墨鱼和大螃蟹、大龙虾，还有不知名的许多海鲜，被卸到码头上，送往了冷库。

长涂岛最大的冷库，在杨梅坑。杨梅坑，一个小渔村，在长涂岛东面，可以看到早上第一缕升起的阳光。海天相连处，在太阳跃出的一刹那，似乎那鲜红的圆轮下，还挂着晶莹的水珠。一大车一大车的海鲜，在渔民归航时，从早送到晚，加工好以后，再从冷库码头分流到世界各地，那时候杨梅坑被称为"东海明珠"。

记忆中，渔民慷慨大方。军营离码头不远，三五十米左右。渔船归来，全村欢腾。我喜欢这种场面，不时跑去看热闹。几个老兵也会去套近乎，送给渔民们几包"五一"牌香烟，得到的报酬是一筐海鲜，或者带鱼，或者螃蟹。墨鱼是一定不会要的，渔民也不会给墨鱼，因为墨鱼里面有非常黑的墨汁，老兵们不会洗，或者洗不干净。对于这样的情况，老兵们会自豪地称之为"军民鱼水情谊深"。

三

雷声一个接着一个，闪电亮得吓人，海岛上的雷雨显得格外猛烈。一阵急促的哨子声，把我们从梦中惊醒。"紧急集合！紧急集合！"不到五分钟，我们全体战士，轻装集合于军营操场。连部首长压低声音，说接到命令，海湾盐场海堤被海水冲毁，让我连紧急抢援。

卡车载着我们，在崎岖的山路上，颠簸着疾奔。

雨越下越大，海堤缺口一点点地在扩大。我们站在海堤坝上，一筹莫展。汹涌的海水随时会淹没这片盐场，甚至好像要吞噬我们这些战士。时间在一分一秒地过去，连队首长也下不了决心。这时，一个入伍好几年的老兵，站了出来，说，看我的。他从车上拿出一捆绳子，一头绑住自己，然后把绳子另一头交给一个战士，纵身跳进了涌流之中。

老兵终于在堤坝的另一边上了岸，他把绳子固定在一块大石头上，大声呼喊着，让我们握住绳子跳进急流中。我们从堤坝的这一头到那一头，握住绳子排起人墙，挡住海水的涌入。虽然没有大的效果,但减缓了水流冲击。其余的战士,则跳进人墙后面,填石头,埋沙包。排成人墙的战士们唱起了雄壮的军歌,在这片盐场,在这个海堤,在这个雷雨狂风的午夜。

快近天亮时,我们终于堵住了海堤缺口。风小了下来,雷电不再狂舞。我们精疲力竭回到了军营,许多战士倒头就睡。似乎注定这个晚上要让我们不安,要让我们坚强,要让我们感动。一个更加使人难以忘怀的消息,从山顶哨所传来。原来所有战士去抢修海堤,仅留下了一个值班站岗的战友。那个个子高高的战友,在山顶岗哨坚守岗位。山顶上雷电或许更加厉害,一个响雷,居然劈倒了这个战友。待到换岗时,接替的战友才发现。这时,他左半身已经被雷电烧焦,躺在哨所前面地上,动弹不得,昏迷不醒。手中的钢枪却依然紧紧握住,别人怎么也扳不开他的手指。在部队医院醒来时,第一句话就是,接岗的战友来了没?抢援海堤的战友回了没?在场的战友都流下了泪水。

第二天,盐场所在的渔村,派出干部送来了许多海鲜慰问我们。村里的女民兵们几乎全部来到军营,她们把我们换下来的衣裤鞋袜,彻底地洗了个干净。这一天,海水、天空出奇的蓝,海风吹来凉爽的风。

四

刚到岱山时,我们这些新兵落脚在一个叫不上名的码头上,只看到海那边还是海,岛外面还有岛。我们感受不到岱山全貌,只是听说岱山是一个大岛,被人称为"蓬莱仙岛"。读书时,读到"蓬莱"二字,心里会涌起无限遐思,觉得那是神仙居住的地方,是海上仙山。我以为我会在这个被称为"蓬莱仙岛"的地方,驻守几年,我暗自庆幸,觉得自己好运气,居然可以和神仙居住在一起。起码在这个仙岛上,可以呼吸一些仙气,享受一点神仙的味道。

一通点名,把我从胡思乱想中拉了出来。我又被塞进一艘登陆艇,继续海上颠簸的行程。

上岸时,天已经黑了。我迷迷糊糊不知到了哪里,军用卡车又拉着我们颠来晃去地行驶许久。我们这批从来没有出过远门的青涩少年,又好奇又疲惫,到了一排平房里,都忍不住呼呼大睡。

第二天,我们发现到了一个远离陆地的小岛,四周是茫茫大海,小岛孤零零地好像站在大海中央,这让我们这些生活在陆地的人感到一种莫名的孤独,但没人抱怨,都是年轻人,没过几天,就觉得非常好玩。看着这个完全陌生的环境,有的战士竟莫名地兴奋起来,尽管岛上荒凉寂寞,山上几乎全是石头和茅草,虽有几棵松树,也是低矮不成林。

经过几个月的新兵训练,我大概可以被称为军人了。于是,我来到了这个名叫长涂岛的最高峰大龙山下。大龙潭,让人觉得有点大,其实是大龙山脚的一个小海湾。在这个小海湾里,开始了我的部队生活。

我记得这条路一直沿着海边,穿过好几个海湾通到小岛的中心村落里。这条满是泥泞,旁边长满野草和矮松的荒野小道,偶尔有一些鸟,我大都叫不上名字,看有人走过不会惊恐,但随时会飞走。那时候,我常常会出来走,去部队机关办事,顺便帮其他战友买一些日常用品。我不知在这条路上来来去去走了多少回，我觉得我熟悉了大海的习性，我会伸出舌头咂巴着海风吹来的腥味。在这些来去的日子里，我认识了岛上的渔村，认识了渔村里的许多人，认识了让我一生难忘的燕。有时，我发现我正在快速成长，我在远离青涩。

五

我记得我们是在大龙山上茅草枯了的时候，离开了大龙潭，离开了长涂岛，离开了岱山。出海的渔船回到了渔村，满天空飘着鱼虾的腥味，那腥味随海风吹过军营，像极了我们即将离开的惆怅。我仿佛记住了那阵海风的颜色，幽蓝幽蓝。记住了那些茅草被风吹斜了的样子，那海水被风吹皱了的安宁，那披着风衣的大炮在海风中神圣的模样，这跟以往的场景没什么不同。我们默默注视着每一栋营房，每一个坑道，甚至每一株通往军营的剑麻。在这场海风里我们一遍遍地打扫着自己习惯了的地方，心里明白，腾空了的军营会慢慢荒芜。

我们知道在这座大龙山下的军营生活永远结束了，尽管不舍也无可奈何。我们从哪里来，必将回到哪里去。这样的海风，即将成为我们一生永久的回忆。

军用卡车一发动，我们动作麻利地上了车，背上背着跟来时一样的背包，只不过摘了帽徽和领章，身份从参军变成了退伍。前来送行的渔村女孩有好几个，有几个擦着眼泪，挥着手。燕没来，我坐在卡车最后一排，面朝着大海，拉下帽檐遮住脸，心里泛着酸楚。

那是我跟燕的第一次相识。

朦胧的情愫发生在甜蜜的季节,虽然时过境迁我还是不能忘记。在我的很多梦里会出现在岱山小长坑集训那段时光里发生的事情。我经常想起,那时经历的一段青涩而浪漫的故事,它已经深埋于我的潜意识之中。

"去东沙吧!"

"嗯!"

"第一次?"

我觉得我笨得像个木瓜,确实,我有点羞涩。我是一个非常内向的人,不善于在陌生人前表达自己,尤其在一个小姑娘面前。我的这个缺点一直困扰着我,以至于影响了我的一生。

她自我介绍起来,我知道了她的名字。她带我逛了这个在岱山著名的渔家小镇,在充满渔家味道的镇子里,我第一次品尝到了真正的海鲜,原汁原味。

第二次是一个偶然。我在岱山培训六个月。空闲时光,喜欢去走走。在铁板沙遇上了,铁板沙如今被称为"鹿晴栏沙",是岱山的一个非常好玩的沙滩。我们都感到有缘分,走在沙滩上,聊了许多。心里所感悟的人生、理想、观念非常接近。她告诉我岱山的许多美丽去处,其中有磨心山。但是一直到我离开时,终究没有去过磨心山。后来,有人告诉我磨心山,其实叫魔性山,但我一直不知到底是磨心还是魔性。

在一次军民联防活动中,又见到了她。我发现她原来是长涂人,我一直疑惑,她微微一笑,我去岱山培训,她当然也可以去学习。她的笑容让我心里一荡,舒适感一下涌满全身。

我去过一次燕家里,那是地瓜成熟的季节。渔村里几乎都是石头垒砌的低矮房子，门前很干净，一些鱼干挂在屋檐下。副连长、老班长、我三人一起，来到村里。她母亲，一个能干的村妇女主任，不知为啥就泡了两杯茶，跟副连长他们聊了起来，大概是一些军民联防活动要做的事情。我坐在旁边，燕看我有些尴尬，削了个地瓜递给我。忽然副连长说："怎么只有两杯茶呀？小盛地瓜甜不？"我恨不得找个地洞钻进去，燕的脸上飞上了红霞。

青涩、朦胧，我们之间有了一种说不出的情愫。如果不是那次部队裁员，或者我不拘泥于部队的一些规定，那么我跟燕的故事也许会圆满，但仅仅是如果，这个世上根本没有如果。

最终我们的故事被风吹散，没有了结局。

六

我一直想找个机会回去一趟。三十多年了，如今当我看着那些朋友圈发来的大海照片，或者有关舟山群岛的信息，我就想到我还要回去，去看看岱山，看看长涂，看看岛上的渔村，看看燕。当兵时我还没有领悟到，那片大海，那些岛屿对我一生有多大的意义。它就像一些美丽的云彩，我以为绚丽过后就随风飘散，不会留下任何痕迹。但我错了，这么多年来，我发现自己正一步步地滑入思念之中，回忆越深，向往越深。尽管我已经生活在生我养我的故乡，我有了我自己的乡愁。但那个待了几年的地方，毕竟留下过一段自己的青春年华，岱山或者范围更小一点——长涂，在我心里已经根深蒂固地成了第二故乡。

雷　神

　　严格地来说，雷神不是我战友。我入伍的时候，他已经走了。但雷神的名字在我们连队里一直相传，经久不绝。老兵讲到时常常唏嘘不已，新兵们听到时则充满敬佩。

　　雷神的真名叫周康学，浙江诸暨人。诸暨人土话跟普通话存在差异，所以又有人叫他周康育。据说诸暨方言中学跟育发音相同，所以有战友在分别多年以后不明情况，很多战友难以找到雷神，甚至有些当年在一起的战友产生误会，以为周康学已经不在人世，就更加让他们产生感慨。感叹世事无常，岁月无情。感叹人生如梦，一切皆空。

　　我见到周康育是在我离开部队三十多年后，虽然我从没见过雷神，但在连队里经过许多老兵的渲染，他的形象早已在我的脑海里成为一座丰碑，觉得他就是一个英雄，一个最让人敬佩的英雄，就像当年书中经常描述的那样，是一个最可爱的人。

　　周康育如今五十多岁，高大的身躯，黝黑的皮肤，眼睛明亮有神，充满英气。当我第一眼见到他时，觉得跟想象中的完全不一样，感觉他就是一个地地道道的老农民。

周康育经营着一个生态养猪场,跟别的养猪场有些不同,走进他的养猪场,闻不到一点猪粪的气息,就像到了一个公园,在这个四周都是树林的场子里,如果不是听到几声猪的叫声,根本不知道这里是一个养猪场。场里还有池塘、蔬菜地、竹林。鸡在竹林里悠闲地散步,鸭子在池塘里嬉戏追逐。树林悠悠,竹影摇曳,野花芬芳,看来这雷神真的非同凡响。

参观完周康育的养猪场后,他客气地邀请我们在场里就餐。席间,我们的话题自然转向那三十多年前的青春往事。

跟我一样,周康育初次来到这样一个小岛时,心里充满了新鲜好奇。四周是茫茫大海,几座小岛突兀出来,在大海中央。我们的小岛叫长涂岛,这样的小岛在舟山群岛之中有许许多多。在经过严格的新兵训练后,周康育被分到一个叫作大龙潭的海湾。这里是一个小海湾,两边都有一个凸出的小山包。讲实在话,要说风景,大龙潭确实美,背靠大龙山,左右两个两个山包,眼前是一望无际的大海,海湾里还有个小沙滩。周康育也觉得这里真的不错,来这里当兵,也算是前世有福了。

人生,有些事情真的不可理解,谁也解释不了许多偶然的神秘事件。那个晚上,在一个老兵的带领下,周康育去那凸出小山包上的哨所站岗。所谓天有不测风云,人有旦夕祸福,形容在他的身上或许比较贴切。在老兵离开以后,天一下子变脸,乌云来袭,雷电阵阵。周康育没有被吓到,依然警惕地守卫着哨所。他知道哨所下面就是我们连队的炮阵地,阵地是我们的生命,无论发生什么情况,炮阵地永远是第一位。时间过了许久,雷雨没见停息的样子。突然,一个惊天炸雷,在周康育头顶炸响,接着周康育一下子失去知觉⋯⋯

没多久，天又变好。待换岗的战友去时，周康育已经不省人事，半个身体被烧焦，人已经不成样子。连队组织车辆连夜送部队医院，终于周康育醒了过来，第一句话就是：下一班谁站岗？许多战友，包括连队在场的领导都流下了眼泪。据换他岗时发现他被雷击伤的战友说，他发现周康育时尽管人已经昏迷，但手中还牢牢地抱着那支钢枪。

后来，周康育曾经作为一个典型，去团部、去师部，甚至可能去更高级别的地方做过报告，讲过先进事迹，再后来退伍回了老家。我也问过好多当年的部队领导，竟没一个能详细回答出一个所以然。或许当年部队有某种规定吧！他居然没享受一点优惠政策，哪怕一点点补助。

直到如今我们一直替他愤愤不平，每逢一起聚会，总有战友想替他争取一点福利。他总是憨厚地笑笑说："算了！谢谢战友们！这么多年了，我还不是生活得很好吗！那也是我人生最值得回忆的一段经历。"

踏上岱山

知道岱山这名儿是在三十多年前的秋天。

那年,我高考名落孙山。父亲看着我唉声叹气,说,这孩子咋办?文不文,武不武的。母亲说,生了人头总吃人饭,愁个啥?

秋天到了,山上地里的地瓜熟了。父亲跟我一起在地里,割地瓜藤,挖地瓜。丰收的喜悦,溢满全家人的脸上。"合格了!合格了!"母亲喊着从山下往山上跑。"什么合格了?"父亲咕哝着大声说。"儿子,儿子体检合格了。"母亲抑制不住兴奋,手里拿着我的入伍通知书。

晚上,家里来了许多亲朋好友、隔壁邻舍。有人问父亲:"你儿子当兵去哪?"父亲回头看看母亲。母亲说:"听乡里人说去舟山。""去舟山?"这些天住在我家的外婆问,母亲点了点头。"那好啊!那可是南海观世音的地盘啊!有人去那拜佛烧香可得吃几天几夜的素,才可以去的。"外婆脸上一脸向往、羡慕的神色。

出发的那天,母亲哭了,毕竟儿子从没远行过。外婆说,哭啥?这或许是一条大路,有观世音保佑,外孙必定会出人头地。母亲想想也对,她又想起那个在我出生前做的梦。母亲一直说,我出生前,她梦到一条蛇冲天而去,她一直相信我以后一定会有出息。

一路懵懵懂懂、摇摇晃晃,先是火车,再是轮船,在一个海边码头上岸。听带兵的首长说,已经到了舟山群岛的岱山。码头上很多很多的船和舰艇,过去就是一望无际的大海。我从没见过大海,只在书本里读到过。想象中大海的神韵,那是何等的壮美。无奈没有来得及欣赏,部队领导又把我们塞进了船舱,这次可是全封闭的一艘登陆艇。登陆艇在大海里飘摇,随着海浪起伏,对于我们这些在内陆长大的小青年来说,简直是一种惩罚。有许多人开始呕吐,起先我还好,但经不住舰艇上下起落,我的五脏六腑被搅动得难受至极,终于也翻江倒海地呕吐起来。

就像许多朝圣者一样,他们是三步一跪、五步一拜,历经苦难终得见佛。我跟我的新战友们则是好奇又新鲜,身体还承受着不曾历练过的难受,当真可以说是一次艰苦历程。终于在那个晚上,迷迷糊糊地跟着部队领导上了一个小岛,又换乘一辆军用卡车,颠簸了一段坑坑洼洼的荒凉小道,然后到了目的地。但战友们几乎都没有疲倦,好奇一直占据着我们年轻的心。

我服役的军营,是在离岱山不远的一个叫作长涂的小岛上。新兵训练结束以后,我被分到长涂大龙潭,这是一个凸出到海里的小山包,两边分别有一个小海湾。风景优美,环境清幽,地方不错。从此,我们每天对着大海学习、训练、站岗。看大海潮起潮落,听大海怒吼呢喃。

青春岁月总是那么充满激情,空闲时我们爬上山岗,观大海中渔船捕鱼,近处看千舟竞发,桅杆林立;远处看渔船如蝼蚁成群,密密麻麻。我们在休息时下渔村帮渔民干活,看沙滩晒网,迎渔舟归帆。我们觉得不光是在守卫海岛,还在建设、改造海岛。那首著名的《战士第二故乡》唱道:"云雾满山飘,海水绕海礁,人多说咱岛儿小,远离大陆在前哨,风大浪又高……有咱战士在山上,管教那荒岛变模样,搬走了石头,修起营房,栽上松树,放牧着牛羊……这儿正是我们第二故乡。"据说这首歌词是一个战士亲手创作而成,他真实地写出了我们年轻战士的心声。

说到好歌曲,还有一个传奇。据说当年很流行的歌曲《军港之夜》也是在我们长涂岛上创作而成,在那个年代,成为我们每个守卫在岱山长涂的官兵荣耀。长涂港是一个最好的军港,至少在我们心中这样认为。几十年来我们每次聚会,这两首歌是必备的节目。

那时候,因为部队需要,我们经常在岱山的各个附属岛中调来调去。我在第二年,来到岱山小长坑,一待就是半年。空闲时光,我逛高亭,走东沙,登磨心峰,躺铁板沙。岱山胜景总是不经意间让人流连忘返。忘不了的情怀,一直萦绕在心头,挥之不去。

去年初秋,有朋友相邀去岱山。想到心中念念不忘的第二故乡,于是欣然答应。岱山还是那个岱山,只不过我不再翻江倒海地呕吐,不需要晕晕乎乎地走上几天。我们惊叹于世事的变迁,跨海大桥的雄伟,汽车轮渡的快速。几个小时就到了那个古人心中要吃上几天素才能去的地方,我们赶上了好时代。

海还是那片海,山还是那些山,阳光、海浪、沙滩依旧温柔缠绵。高亭变了,变得高楼林立,马路宽敞,渔港、渔船美丽时尚;东沙变了,古镇风韵依旧,面貌一新,处处洋溢欢笑。就连铁板沙也不同以往,那海上吹来的风一缕缕清新含香。

在岱山高亭渔港,吃过晚饭,听着广场舞的乐曲,吹着温柔的海风,有人问我:想去长涂吗?我说:想,非常想。可惜这次行程没有安排,我只能等待下次有机会再去了。